双葉文庫

口入屋用心棒

御内儀の業

鈴木英治

JN259323

目次

御《ご》内儀《ないぎ》の業《わざ》　口入屋用心棒

第一章

一

向かいに座《ざ》す衣世《きぬよ》が箸を箸置きに置き、ほほえみかけてきた。

「あなたさま、こちらのお店は、おいそれとは席が取れぬのでしょう」

白身魚の吸物の椀を手にしたまま、うむ、と岩末長兵衛《いわすえちょうべえ》はうなずいた。

「神田《かんだ》の羽馬甚《はまじん》といえば、半年前に頼まぬと、まず席は取れぬな」

汁をひとすすりして、長兵衛は椀を膳の上に置いた。だしの旨《うま》みが口中に広がっていき、嘆声《たんせい》が出そうだ。

「それだけ名のある料亭の席が、よく取れましたね。あなたさまには、なにか伝《つて》があるのでございますか」

雪化粧した富士山が描かれた漆塗りの銚子《ちょうし》を持ち上げ、衣世が長兵衛に酒を勧めてきた。

「あるに決まっておろう」

胸を張って長兵衛は答え、漆塗りの盃で酒を受けた。

「衣世、わしをいったい誰だと思っておる。南町奉行所で吟味方与力を務めておる岩末長兵衛であるぞ」

なみなみと酒が注がれた盃を傾け、長兵衛は一気に飲み干した。よく吟味された酒で、果実のような甘みが鼻腔《びこう》に立ち上ってくる。

――こんなにうまい酒は初めてだな……。

「はい、はい。私はその岩末さまの女房ですから、よく存じておりますよ」

にこにこと衣世がいった。

「それで、あなたさまにはどのような伝があるのですか」

「高山《たかやま》さまだ」

衣世を見つめて長兵衛は説明した。

「わしが高山さまの頼み付けを務めておるのは、そなたも存じておろう。その高山さまの行きつけの店なのだ」

高山壱岐守政元《いきのかみまさもと》は、信濃国《しなののくに》の坂谷《さかや》で二万五千石を領している大名である。

頼み付けとは代々頼み《だいだいだのみ》ともいい、大名家や旗本家の家臣が江戸市中でいざこざや罪を犯した際、公《おおやけ》にすることなく内輪で済ませられるように、町奉行所内に特に懇意《こんい》の者をつくっておくことをいう。

「なんでも、高山さまの上屋敷の台所で働いていた腕利きの料理人が独り立ちした際、後押しを受けて羽馬甚を興したらしいのだ」

「ああ、そういうご縁でございましたか」

納得したようで、衣世がゆったりとした笑みを見せた。

「それほどの深いご縁があるのでしたら、高山さまがこちらのお店にお顔が利くのも、当然でございましょうな。あなたさま、高山さまに足を向けて眠れませぬね」

「まったくその通りだ」

衣世を見て、長兵衛は大きく顎を引いた。箸を取り、かわはぎの姿造りの刺身をつまんだ。それを肝醤油《きもしょうゆ》につけて食べる。口の中に肝の脂の旨みがじっとりと広がり、うなりたくなるほど美味だ。

「ああ、うまいな。ため息しか出てこぬ」

「この時季のかわはぎは、格別でございますものね」

長兵衛を見て衣世が同意する。うむ、と長兵衛はいった。

「かわはぎは、餌泥棒《えさ》とか餌盗人とか餌取り名人と呼ばれるほど、釣り餌《え》を取るのが巧みらしい。このかわはぎは一尺近くある。これだけのかわはぎを釣った者は、餌取り名人の上を行く釣り名人といってよかろう」

「ここまで生き延びてきたのに、こうして釣り上げられてお刺身にされてしまうとは、ちとかわいそうな気がいたしますが……」

なに、といって長兵衛は笑い飛ばした。

「名店羽馬甚の板前の手でものの見事にさばいてもらったのだから、このかわはぎも本望であろうよ」

長兵衛はまたかわはぎの刺身を食し、咀嚼《そしゃく》してからのみ込んだ。そのとき、ふと尿意を催し、厠《かわや》に行ってくる、と衣世に断って席を立った。

腰高障子《こしだかしょうじ》を開け、廊下に出る。愛刀と脇差は店の者に預けており、どこか腰が定まらない感じがする。

「厠はどちらかな」

ちょうど前を通りかかった女中に、長兵衛はきいた。いかにも物腰の柔らかな女中が、丁寧に教えてくれた。

「かたじけない」

女中に礼をいって長兵衛は見事な庭に沿った廊下を歩き、一度、角を左に曲がって羽馬甚の裏庭のほうへとやってきた。

「あれか」

つぶやいて、廊下の突き当たりにある厠に向かう。

さすが繁盛店だけのことはあり、厠は大きく、扉が六つついていた。そのうちの二つは、男の小便用の厠であるようだ。

端を選んで長兵衛が用足しをしていると、不意に背後から怒鳴り声が聞こえてきた。激しく言い返す声もしている。

喧嘩か、と放尿しつつ長兵衛は思い、首をひねって背後を見た。しかし、扉に邪魔されてなにも目に入ってこない。

――なにゆえ、このような素晴らしい料亭で言い争いなどできるのだ。まったく気が知れぬわ。

舌打ちが出た。小用を終えて厠を出る。

廊下で、二人の男が言い争いをしていた。一人は職人風でがっちりとした体つきをしており、まるで力士のようだ。もう一人の男は、身なりからして商人《あきんど》のように思えた。

おめえがよろけたからだ、いや、あんたがふらついてきたせいだ、と二人は真っ赤な顔をして言い合っていた。かなり酒が入っているのはまちがいないだろう。

――酔っておるとはいえ、まことにつまらぬことで諍《いさか》いをしおって……。

うんざりしたが、町奉行所に勤めている以上、喧嘩を止めないわけにはいかない。

――しかし、この大男の顔に見覚えがあるな。はて、いったいどこで会ったのだったか……。

奉行所だろうか、と長兵衛は思案した。おそらくそうなのだろう。

「おい、二人ともやめぬか」

まるで長兵衛が声をかけるのを合図にしたかのように、大男が右手を振り上げ、商人風の男に拳を見舞った。がつっ、と音が立ち、商人風の男の体がぐらりと揺れた。

あっ、と長兵衛は声を発した。大男がさらに商人風の男を殴りつけようとする。

「やめろ」

すぐさま前に出た長兵衛は、大男を羽交《はが》い締《じ》めにした。

「放せっ」

急に身動きのかなわなくなった大男が、身もだえして体をねじる。

「こいつが二度とでけえ口を利けねえように、叩きのめしてやるんだ。邪魔するねえ」

叫ぶようにいった大男が首を曲げ、長兵衛を見ようとする。

――ああ、やはりこやつとは一度、会っておるな……。

大男が身動きできないように力を込めて押さえつけながら、長兵衛は確信した。

顔を殴られてよろけた商人風の男は力尽きたように廊下に座り込み、柱にもたれかかっている。呆《ほう》けたように口を開け、あらぬ方向に目を向けていた。座したまま、気絶したようだ。

「きさまっ、なんということをするのだ」

怒鳴りつけて長兵衛は男から手を離し、自分のほうに顔を向かせた。

「番所《ばんしょ》に引っ立てるゆえ、神妙にせよ」

「えっ、御番所ですかい」大男が

頓狂《とんきょう》な声を出し、大男が長兵衛をまじまじと見る。あっ、と叫ぶようにいった。

「あなたさまは……」

目をみはり、大男が喉仏を上下させる。喉仏《のどぼとけ》を上下させる。一気に酔いが覚めたような顔つきをしている。

長兵衛は大男を見返した。

「おぬし、わしのことを覚えておるようだな」

「はい、もちろんでございます」

畏《おそ》れ入ったように男が頭を下げた。

「先日はお世話をかけてしまい、まことに申し訳ないことをいたしました」

その言葉で、男がなにをしたか、長兵衛は明瞭に思い出した。

二月《ふたつき》ばかり前にこの男は酔っ払って、路上で行きずりの商人に乱暴をはたらき、怪我を負わせたのだ。その場で町の自身番《じしんばん》の者たちに取り押さえられて、町奉行所に連れてこられたのである。

——あのときは、初めての罪ということもあり、敲《たた》きで済ませたのだったが……。

男の名が長兵衛の頭に浮かんできた。

「おぬし、源市《げんいち》といったな」

えっ、と男が声を発した。

「手前の名を、覚えていらしてくださいましたか」

「当然だ。わしは、自分が吟味した一件に関わった者を忘れることはない」

源市は、大工の棟梁《とうりよう》を務めているはずだ。

——大工が短気なのはわかるような気がするが、二月のあいだに二度も同じ真似をするとは、この男の短気は度を越しておる。

長兵衛は、気を失った男に目をやった。いまだに目を覚ましておらず、柱を背に座ったままだ。

他の客はその姿を見ても、酔いを覚ましているくらいにしか考えていないようで、気にもとめずに厠に入っていく。

——こたびは、敲きではさすがに済まぬ。遠島《えんとう》まではいかずとも、重追放《じゆうついほう》にはなってもしようがなかろう。

重追放は、かなり重い刑である。江戸に限らず、街道筋や上方《かみがた》に住むこともならず、この日《ひ》の本《もと》の国《くに》で暮らせるところはほとんどなくなってしまうのだ。

しかも、と長兵衛は忌々《いまいま》しく思った。

――わしらが羽馬甚という名店に来たときに限ってこのようなことをしでかしおって。中座せねばならぬではないか。衣世もがっかりするであろう……。

長兵衛は舌打ちした。だが、致し方ない。これはおのれの仕事なのだ。今から、源市を町奉行所に連れていくしかあるまい。

「では源市、番所にまいるとするか」

できるだけ穏やかな声で、長兵衛は源市をいざなった。

「御番所……」

源市は、今さらながら自分のしでかした過《あやま》ちの大きさに気づいたのか、悔いた顔つきになった。

「そうだ、番所だ。さあ、行くぞ」

強い口調で長兵衛はいった。

「あの……」

おずおずと源市が顔を寄せ、長兵衛にささやきかけてきた。

「なんだ」

目を怒らせて長兵衛は源市を見つめた。

「どうか、見逃してはいただけないでしょうか」

「なんだと」

眉根を寄せて、長兵衛は源市をにらみつけた。懇願の顔つきで、源市が同じ言葉を繰り返す。

「そのような真似ができるはずがない」

源市を見据えて長兵衛はきっぱりと断った。

「もちろん、ただでとは申しません」

その源市の言葉を聞いて、長兵衛はむっとした。

「わしが金で転ぶような男に見えるか」

「いえ、そのようなお方には見えません。しかし手前が岩末さまに差し上げようとしているのは、お金ではないのです」

「金ではないだと。では、なんだ」

わずかながらも興趣《きょうしゅ》を覚えて、長兵衛はたずねた。

「こちらでございます」

懐に手を入れた源市が大事そうに取り出したのは、厚みのある紙に包まれた書《しょ》箇《かん》のような代物《しろもの》である。

「なんだ、それは」

顎をしゃくって長兵衛はきいた。

「今日、手前はこの書についての寄合《よりあい》がこちらでございまして……」

寄合のために源市は、羽馬甚にいるということらしい。

「その書の寄合だと」

それはいったいなんなのだろう、と長兵衛は思った。

「手前は、大工の棟梁をしているのでございますが……」

「うむ、そのことは存じておる」

ありがとうございます、というように源市が小腰《こごし》をかがめ、岩末さま、と小声で呼びかけてきた。

「この書を持っているだけで、月に二十両ほどが黙っていても入ってまいります」

「二十両だと」

年に二百四十両か、と長兵衛は思った。悪くない稼ぎである。

――いや、悪くないどころか、それだけあればどれだけ助かるか……。

町奉行所の与力は、内証《ないしょう》が豊かといわれているが、実はそうでない者も少なくない。誰もが、大名家や旗本家から付け届けがあるわけではないのだ。

長兵衛も、代々頼みを務めている大名家は高山家しかない。

「その書を持っておれば、まことにそれだけの金が入ってくるのか」

源市に強い眼差しを注いで、長兵衛は確かめた。

「はい、入ってまいります。しかも、この先ずっといってよいと存じます」

なんと、と長兵衛は思い、目を大きく見開いた。

「ずっとだと。その書とはいったいなんなのだ」

驚愕している長兵衛を見て、源市が小さく笑う。

「なにを笑っておる」

長兵衛が咎《とが》めるようにいうと、源市が笑みを消し、真顔になった。

「残念ながら、種明かしは今はできません」

「きさま、その書をもとに、誰かを強請《ゆす》っておるのではなかろうな」

「いえ、そのようなことはございません」

首を横に振って源市が否定する。

「強請ったり脅したりしているのなら、寄合など開く必要はございませんから」

確かにそれはそうかもしれぬな、と長兵衛は思った。

「岩末さま、この書を差し上げますので、どうか、お見逃しくださいませんか」

ささやき声で問われて、むっ、と長兵衛は詰まった。まだ気を失ったままの商人風の男を見る。

「まこと、その書にそれだけの値打ちがあるのだな」

「はい、ございます」

源市がうなずく。

——もし年に二百四十両も入れば、暮らし向きはずっと楽になろう。衣世にも、新しい着物を買ってやれる。

その誘惑に長兵衛は抗《あらが》えなくなってきた。しかも、ここで源市を見逃せば、なにも起きなかったことになり、この名店の料理と酒をまだまだ楽しむことができるのだ。

「岩末さま、いかがでございますか」

長兵衛を見る源市の瞳が、小ずるそうな輝きを帯びている。

それを見返して、ふむう、と長兵衛はうなり声を発した。

「おぬし、それだけの金になる物を、わしに渡そうというのか」

「さようにございます」

源市がうなずいた。

「もしこの一件で捕まれば、手前は追放ということで、江戸を離れなければならないのではありませんか」

「その通りだ。こたびは、敲きで済ませるというわけにはいかぬ」

「やはり、さようでございましょう」

納得したようにいって源市が唇を噛む。

「江戸から出される羽目《はめ》になるくらいなら、これをお渡ししてお目こぼしを願うほうがずっとようございます」

真剣な目で源市がいった。その必死な表情を見やって、どうやら本心のようだな、と長兵衛は解した。

「わかった、よこせ」

ついに長兵衛は、手のひらを上にして右手を突き出した。

「あ、ありがとうございます」

安堵《あんど》の息を漏らした源市はこうべを垂れ、すぐに書を渡してきた。長兵衛はそれを受け取り、その場で開こうとした。

「あっ、お待ち下さい」

あわてて長兵衛を源市が押しとどめる。

「その書がどういうものなのか、明日にでも岩末さまのお屋敷にご説明に上がりますので、どうか、それまでお目通しはお待ち願えませんでしょうか」

目に力を込めて長兵衛は源市をねめつけた。

「承知したが……。きさま、この場を逃れるために、いい加減な書を持ち出して、時を稼ごうという気ではあるまいな。もしわしをたばかったら、どういう仕儀になるか、わかっておるだろうな」

町奉行所の吟味役らしい凄みを声ににじませて、長兵衛はいった。

「もちろんでございます」

大きな体を縮こまらせて源市が答えた。

「手前は、岩末さまを騙そうなどと大それたことは、一切《いっさい》、考えておりません」

「それならばよいが……。よし、きさまはさっさとこの場を去るのだ。その男は、わしがなんとかしておく」

まだ気絶したままの男に、長兵衛は目を投げた。

「は、はい、わかりました。どうか、よしなにお願いいたします」

深々とこうべを垂れて、源市がほっとしたように歩き出す。

「よいか、源市。二度とこのような真似をするでないぞ」

源市の背中に、長兵衛は釘を刺すようにいった。ぴたりと立ち止まって、源市が長兵衛に向き直る。

「はい、よくわかっております。肝に銘じておきます」

「うむ、それでよい」

行け、とばかりに長兵衛は手を振った。失礼いたします、と改めて頭を下げて源市が再び歩きはじめる。

その姿を見送ってから、長兵衛は書を懐にしまい入れた。座ったまま気絶している男にすぐさま近づき、男の背後に回った。ひざまずいて活《かつ》を入れる。

はっとして男が気づき、びっくりしたようにあたりを見回した。

「おい、大丈夫か」

後ろから長兵衛は男に声をかけた。

「えっ、は、はい……」

驚いたように男が首をねじって長兵衛を見る。なにが起きたのか、わかっていない顔である。だがすぐに、申し訳ありません、と狼狽したようにいって立ち上がった。

「どこのどなたか存じませんが、お侍にご面倒をおかけしてしまい……」

「なに、よいのだ」

こほん、と長兵衛は咳払いをした。

「おぬしはさる男とこの場で諍いになり、拳で殴られた。覚えておるか」

即座に思い出したようで、商人風の男が顔をしかめた。

「さ、さようでございます。あの男、手前にわざと肩をぶつけてきたように見えました」

「その男だが、すでにこの町の自身番の者が番所に連れていった。それゆえ、もう安心してよい」

顔を上げ、商人風の男が長兵衛を見る。

「あ、ああ、さようでございましたか」

「あの男が番所で吟味される際は、おぬしは証人として呼ばれるかもしれぬ。わしからその旨《むね》を番所に知らせておくゆえ、おぬしの名と住まいをきいておこう」

その長兵衛の言葉を聞いて、男があわてて首を横に振った。

「ああ、いえ、それはけっこうでございます。あの男が御番所にしょっ引かれただけで、手前はもう十分でございます。まことにお世話になりました。お礼の言葉もございません」

これ以上の面倒は勘弁してもらいたいという思いが、男の面《おもて》にくっきりとあらわれている。思った通りだ、と長兵衛はほくそえんだ。

「いや、わしは当たり前のことをしたに過ぎぬ。さあ、名と住まいを教えてくれぬか」

「いえ、本当にけっこうでございますから」

そわそわした素振りで長兵衛に向かって辞儀をし、商人風の男はその場をそそくさと立ち去った。

――これでよし。

心中で長兵衛は大きくうなずいた。これで、今の商人風の男が源市に殴られて気絶したことを蒸し返すようなことは、まずないだろう。

――さて、この書はいったいなんだろうか。

長兵衛は懐に手を差し入れ、書に触れた。源市との約束を破り、すぐにでも書を開きたい衝動に駆られたが、楽しみは先に取っておいたほうがよい、と考え直した。

懐から手を抜き、長兵衛は衣世がいる座敷に向かって歩き出した。

あまりに長兵衛の戻りが遅いせいで、衣世は気を揉んでいるにちがいなかった。


これが今から五年前のことである。この五年のあいだ、あの書のことがばれなかったのは、僥倖《ぎょうこう》としかいいようがない。

しかし長兵衛が裏でなにをしているか、いつかは露見するにちがいない。

しかし、ばれぬのではないか、という気がしないでもない。

――いや、そのようなことはまずあるまい。

すぐさま長兵衛は心の中で否定した。秘密というのは永久に保たれるものではないからだ。いつか必ず知る者があらわれる。それは疑いようがない。

――今わしがこうして思い出したのも、もしやその兆《きざ》しなのではないか。

書の一件が露見したときにどうするか。それが長兵衛にとって一番の問題である。

金で黙らせるのが、最もよい手立てのような気がする。

――しかし、鼻薬《はなぐすり》が効かぬ者も中にはおるからな……。

そのときはそのときだ、と長兵衛は思った。きっとなんとかなる。そうに決まっている。

知恵を絞るなり、荒事をもってするなり、解決の糸口を見出すことなど、さして難儀なことではないはずだ。

――きっとなんとかなろう。

いや、必ずなんとかしてみせる。吟味方の詰所で、長兵衛は固い決意を胸に刻み込んだ。

二

ぱちりと目を開けた樺山富士太郎《かばやまふじたろう》は、今日から師走《しわす》だよねえ、と寝床に横になったまま考えた。

月日がたつのは早いものである。ついこのあいだ正月の祝いをしたと思ったら、もう十二月なのだから。

――師走か。いよいよ、おいらたちの子が生まれるよ。

我が子をこの目で見、この手で抱くのが、富士太郎は楽しみでならない。

――早く生まれないかなあ……。

隣の寝床に、妻の智代《ともよ》の姿はない。産み月になったというのに、いつもと同じように台所に向かったのだろう。今は朝餉《あさげ》の支度《したく》の真っ最中ではないか。

――しかし智ちゃんは偉いねえ。こんなに寒い中、起きられるんだからね……。

寒さに弱いたちの富士太郎には信じられない。起きるのは先延ばしにし、まだ寝床でぐずぐずしていたい。

――いや、智ちゃんに負けていられないよ。おいらも起きるよ。

鼻息も荒く富士太郎は決意し、よっこらしょ、と寝床にあぐらをかいた。

「ふひゃー、寒いねえ」

ぐっすりと眠ったので、眠気はほとんどない。気分はすっきりしている。

今は、明け六つを少し過ぎたくらいであろう。腰高障子越しに光がわずかに入り込み、寝所《しんじょ》の中はほんのりと明るくなりつつあった。

ふと、玄関のほうから人の声が聞こえてきた。こんなに早くから来客かな、と富士太郎は首をかしげた。

――いったい誰が来たのだろう……。

富士太郎の縄張内でなにか事件が起こり、町奉行所から使いが来たのではないか。そのくらいしか、こんなに早い刻限《こくげん》に客がやってくる理由は考えられない。

——もしかしたら、殺しかもしれないね。

なんとなくではあるものの、富士太郎はそんな気がした。

家人《かじん》の誰かが、来客の応対に出たのが知れた。富士太郎の耳に届いた声からして、どうやら智代のようだ。

——もしあれが番所からの使者だったら、こうしちゃいられないね。

すっくと立ち上がった富士太郎は搔巻《かいまき》を脱ぎ、すぐに着替えをはじめた。下着だけになったら、寒気《かんき》が体を包み込んだ。

——こいつは、また寒いねえ。

火鉢がほしくてたまらなくなるが、寝所には置いていない。

——さっさと着てしまえばいいんだよ。

最後に黒羽織を着込んで着替えを終えた富士太郎は刃引《はび》きの長脇差を腰に差し、袱紗《ふくさ》に包んだ十手《じって》を懐にしまい入れた。

その直後、廊下を駆けるように渡ってくる足音が聞こえてきた。

耳を澄ませた富士太郎は、それが紛《まぎ》れもなく智代のものであるのを認めた。愛する妻の足音を聞きちがえるはずもない。

素早く動いて富士太郎は、廊下に面した腰高障子を開けた。

ちょうど、行灯《あんどん》を手に智代が寝所の前にやってきたところだった。廊下を移動してきた明かりが、敷居際《しきいぎわ》に立つ富士太郎の顔を柔らかく照らし出す。

「ああ、あなたさま」

行灯の光を浴びつつ廊下に出た富士太郎を見て智代が声を上げ、立ち止まる。

「もうお着替えになったのですね」

富士太郎の身なりを見て、智代がいった。うん、と富士太郎は顎を引いた。

「しかし智ちゃん、そんなに急いで大丈夫かい。体に障《さわ》らないかい」

富士太郎は、智代のことが心配でならない。産み月を迎えた智代は、お腹がかなり大きくなっている。

案じ顔の富士太郎を見つめて、智代が微笑してみせた。

「大丈夫ですよ」

大きくなった腹を愛おしそうにさすって、智代が余裕たっぷりの表情で答えた。

「ここまで来た以上、もうこの子を産むだけですから、あなたさまが心配することはなにもありません」

ゆったりとした口調で智代にいわれ、そういうものなのかな、と富士太郎は思わざるを得なかった。出産に関してはなにも力になれそうになく、ただうなずくしかない。

「それよりもあなたさま、お客さまでございます」

きりっとした顔になった智代が、富士太郎を見つめて告げた。

「御番所からのお使いです」

やはり番所だったか、と富士太郎は思った。

「その番所からの使いというのは、まさか珠吉《たまきち》じゃないよね」

――なんといっても、珠吉は、まだ傷が癒えていないんだからね……。

珠吉は、公儀転覆を企んだ読売屋《よみうりや》のかわせみ屋のあるじだった庄之《しょうの》助《すけ》の配下の高田《たかだ》兵庫《ひょうご》に斬られ、生死の境をさまようほどの重傷を負ったのである。秀士館の教授方で、江戸でも屈指の名医の雄哲《ゆうてつ》が手当に当たらなかったら、とっくにこの世を去っていたのではあるまいか。

――だから、珠吉は運がよい男なのさ。必ず本復《ほんぷく》しておいらの中間《ちゅうげん》に戻り、またばりばり働いてくれるよ。それにしても、雄哲先生には、感謝してもしきれないねえ……。

こほん、と智代が咳払いをした。それを目の当たりにした富士太郎はびくりとした。

「智ちゃん、大丈夫かい。まさか風邪でも引いたんじゃないだろうね」

「いえ、なんでもありません」

にこりとして智代が首を横に振った。

「あなたさま、こちらにいらしたのは珠吉さんではなく、伊助《いすけ》さんとおっしゃる方です」

伊助だったのか、と富士太郎は思った。伊助は、庄之助に殺された岡っ引の金《きん》之丞《のじょう》の下っ引を務めていた。

富士太郎の上役で与力の荒俣土岐之助《あらまたときのすけ》は、珠吉の代わりの中間として十分にやれると踏んだらしく、しばらくのあいだ伊助を使うようにと昨日、富士太郎に命じてきたのだ。

――それで今朝、伊助がさっそくやってきたんだね。伊助にとっては、中間としての初仕事になるのか……。なにか手柄を立てさせてあげたいねえ。

智代から行灯を借り、富士太郎は廊下を歩き出した。

後ろをついてきた智代に行灯を返して式台に下りると、玄関先に伊助が立っているのが見えた。中間は、武家の玄関内に立ち入ることができない。

振り返って富士太郎は、智ちゃん、と呼びかけた。

「済まないけど、おいらは朝餉を食べられそうにないよ」

「わかりました。では、おにぎりでもお持ちになりますか」

そいつはありがたいねえ、と富士太郎は思った。

「智ちゃん、頼めるかい。できれば、伊助の分もつくってくれるとうれしいな」

「承知いたしました。すぐに二人分をつくってまいります。少し待っていてくださいね」

「ありがとう」

礼をいった富士太郎は三和土《たたき》の雪駄《せった》を履き、玄関を出た。外のほうが、屋敷内よりだいぶ明るく感じられる。

しかし、外は寒気が屋敷内より強かった。

――うぅ、今朝はずいぶんと冷え込んだものだね……。

ぶるりと震え出しそうになるのを、富士太郎はなんとか抑え込んだ。

「伊助、おはよう」

できるだけ快活な声を投げて、富士太郎は伊助の前に立った。

「樺山の旦那、おはようございます」

富士太郎に向かって、伊助が丁寧に辞儀してきた。白い息が伊助の口から吐き出され、薄暗さの中に消えていく。

伊助は股引《ももひき》を穿《は》いているものの、上は厚手の小袖《こそで》を着ているだけだ。走りやすくしているのか、尻《しり》っ端折《ぱしょ》りである。

——見ているだけで、こちらが寒くなりそうな形《なり》だねえ。それでも裸足《はだし》でないだけましだね。

中間などは真冬でも平気で裸足でいる者がほとんどだが、伊助は草履《ぞうり》をしっかり履いていた。

「それで伊助、なにがあったんだい」

伊助をじっと見て、富士太郎はただした。自分の口からも白い息が吐き出された。

「殺しです」

少し緊張した顔で伊助が答えた。やはりそうだったか、と富士太郎は思った。勘が当たったが、うれしいことではない。

「どこで誰が殺されたんだい」

すぐさま富士太郎はきいた。

「湯島植木町《ゆしまうえきちょう》で、刺し殺された男の死骸が見つかったのです」

「男の身元はわかっているのかい」

いえ、と伊助がかぶりを振った。

「まだわかっていないようです」

そうか、と富士太郎はつぶやいた。

「男が殺されたのは、いつだい」

「どうやら昨晩のようですが……」

「その骸《むくろ》が今朝、見つかったということだね」

「さようです」

「よし、伊助、さっそく行こうか」

伊助を凝視して富士太郎はいざなった。へい、と伊助が元気な声を発した。

「ああ、そうだ。伊助、ちょっと待ってくれるかい」

富士太郎は、体《たい》を翻《ひるがえ》そうとした伊助を引き留めた。

「伊助、朝餉は済ませてきたかい」

「いえ、まだです」

富士太郎を見て伊助が首を横に振る。

「湯島植木町の自身番から御番所に使いがやってきて、あっしは御番所の宿直《とのい》のお方にいわれるままにこちらに走ったものですから」

伊助は今、町奉行所内にある中間長屋に住んでいる。引っ越してきたのは、つい数日前のことである。

「そうじゃないかと思って、うちの妻《さい》が握り飯をつくってくれるそうだよ」

「そいつは、うれしいですねえ」

伊助が破顔《はがん》する。

「すぐに握り飯を持ってやってくると思うよ」

富士太郎がいった途端、智代が小走りにやってきた。

「お待たせいたしました」

二つの竹皮包みを胸でかき抱くようにしている智代は、少し息を弾ませている。

「智ちゃん、そんなに急がずともよかったんだよ。体のことを、一番に考えなきゃいけないんだからね」

諭《さと》すように富士太郎はいった。

「でもあなたさま」

にこりとして智代が呼びかけてきた。

「少しくらい動いたほうが、おなかの赤ちゃんのためにはいいそうですよ。雄哲先生が、そうおっしゃっていました」

「雄哲先生が……。ふーん、そういうものなんだね」

「ですから、なんの心配もいりません。あなたさま、伊助さん。こちらをお持ちください」

二つの竹皮包みを、智代が両手で差し出してきた。

「ありがとう」

富士太郎はすぐに受け取った。手に、ずしりとした重みが伝わってくる。

「ありがとうございます」

丁寧に礼をいって、伊助が竹皮包みを手にした。

「ああ、まだあったかいですねえ」

喜びの思いを露わにした伊助が、大事そうに竹皮包みを懐に入れる。

「ああ、まるで懐炉《かいろ》みたいですよ」

「えっ、そうなのかい」

すぐさま富士太郎も、竹皮包みを懐にしまい込んだ。ほんわかとした温《ぬく》みが、胸にじんわりと染み込むようである。

「本当だ。こりゃ最高だね」

智代に向かって、富士太郎はにこやかに笑った。

「しかし智ちゃん、まだこんなに温かいってことは、おにぎりをつくるときはご飯は相当、熱かったはずだよ。やけどなんか、していないかい」

「大丈夫ですよ」

朗《ほが》らかな笑みを智代が見せる。

「これまでに数え切れないほどのおにぎりをこさえてきましたから、そのあたりの加減は心得ています」

「それならいいんだけどさ……」

「あなたさま、もう行かないとならないのではありませんか」

智代にいわれて富士太郎は、はっとした。

「ああ、そうだった」

富士太郎は素早く伊助に向き直った。

「あなたさま、これを」

懐から智代が一枚の手ぬぐいを取り出し、それを富士太郎の首にふんわりと巻いてくれた。ほんわかと温かみが伝わってきて、寒さがだいぶ薄れた。

――おいらのために、懐で手ぬぐいを温めていてくれたんだね……。

「ありがとう」

富士太郎の口から、心からの感謝の言葉が自然に出た。

「あなたさまは寒がりですから」

智代がうれしそうに笑った。その様子を伊助がうらやましそうに見ていることに、富士太郎は気づいた。

「よし、伊助、行こう」

首の手ぬぐいに触れて、富士太郎は伊助に声をかけた。

「合点《がってん》承知」

張りのある声を上げ、伊助が体をくるりと返した。

三

あと五町ばかりで湯島植木町に着くというとき、前を行く伊助が振り向いて富士太郎を見た。ふと思い出したような口調で話しかけてくる。

「樺山の旦那とご内儀は、本当に仲がよいですねえ。お二人の仲睦《なかむつ》まじさには、なにか秘訣《ひけつ》というものがあるんですかい」

「秘訣かい」

足を運びつつ富士太郎は考えてみた。

「別にないねえ。おいらは妻が好きで好きでならないから、いつも大事にしようと思っているんだ。ただそれだけのことだねえ……。秘訣というようなものはないなあ」

「ご内儀も、樺山の旦那が大好きでいらっしゃるようですね。ご内儀を見ていると、樺山の旦那を大切にしようというお気持ちが、はっきりと伝わってきますものね」

「ああ、そうなのかい」

「ええ、はっきりわかりますよ。樺山の旦那とご内儀はお互いを想い合ってらっしゃって、独り身のあっしはうらやましくてなりませんよ」

「ああ、伊助はまだ独りだったのかい」

「さようですよ」

「一緒になろうっていう娘は、いないのかい」

「今は、いませんねえ」

「じゃあ、前はいたのかい」

「いえ、実は今も昔もいません。さっぱりしたものです」

江戸では大勢の男が暮らしているが、その割に女は少ない。在所《ざいしょ》から江戸に出稼ぎに出てきて、そのまま居着く男が多いせいだと富士太郎は聞いている。

なんでも、独り身で生涯を終えるという男が、江戸では半分以上に上《のぼ》るという話も、富士太郎は耳にしたことがある。

――男が一緒になる相手を探すのは、さぞかし大変だろうねえ。おいらは運がよかったんだよ……。

「それで伊助は、どんな娘が好みなんだい」

歩きながら富士太郎はきいた。

「風変わりな娘がいいですねえ」

思いもかけない答えが返ってきた。

「風変わりって、どうしてだい」

伊助をまじまじと見て富士太郎は問うた。

「あっしは、一緒になる人とは添い遂げたいと考えているんですよ」

うん、と富士太郎は相槌《あいづち》を打った。それは当たり前のことだろうね、と思った。

「それで」

富士太郎は先を促した。

「風変わりな人が女房なら、一緒にいても飽きないんじゃないかと思うんですよ。ともに暮らしていて、いつもなにかしらやらかしてくれるんじゃないですかねえ」

「それはつまり、暮らしにめりはりが出るってことかい」

「ええ、さようです」

「なるほど、そういう見方もあるかもしれないねえ」

感心して富士太郎はいった。

「そうでしょう」

うれしそうに伊助が笑う。

「ところで、伊助は今いくつなんだい」

「二十二歳です」

「確かにその歳なら、女房をもらってもなんらおかしくはないねえ」

「ええ、稼ぎは少ないですが……」

「だったら、包丁の腕がいい女房をもらうのがいいかもしれないよ。料理がうまい人なら、惣菜屋《そうざいや》で稼いでくれるからね」

「惣菜屋は、かなり儲かるらしいですね」

「長屋住まいで一人暮らしをしている者だけでなく、包丁を握るのが面倒だと感じている女房が、だいぶ買ってくれるようだよ」

「そうなんですね。それでしたら、できれば包丁の達者な働き者で、風変わりという人がいいんですけどねえ……」

「うん、よくわかったよ」

伊助に向かって富士太郎はいった。

「そんな女の人がいないか、おいらも気をつけておくよ」

「えっ、本当ですか」

富士太郎を見て伊助が目を見開いた。

「ああ、本当だよ。おまえさんは人柄がいいから、きっと好みの娘が見つかるさ」

伊助を元気づけるように富士太郎はいった。

「もしそうなったら、この上なく素晴らしいことなんですが……」

「きっとそうなるよ。伊助、常に強くそのことを念じていると、うつつのものになりやすいらしいね」

「でしたら、樺山の旦那のおっしゃる通りにいたします」

明るい笑みを面《おもて》に浮かべて伊助がいった。

そのとき富士太郎たちは、湯島植木町に入った。八丁堀《はっちょうぼり》にある樺山屋敷から、半刻《はんとき》ほどかかっている。

江戸の町はすっかり明るくなっていた。冬らしい快晴で、空には雲一つなく、富士太郎の目にはそれが少しまぶしく感じられた。

遠くに雪をたっぷりとかぶった富士山が望め、その姿を目にした富士太郎は、心が洗われるような気持ちになった。

──やはり富士山はいいよねえ。この国の宝だね。

そういえば、と富士太郎は思い出した。

──直之進《なおのしん》さんは、富士山を間近に望める駿州《すんしゅう》沼里《ぬまざと》の出だったねえ。毎日毎日、富士山を見て育ったから、あんなに爽やかな人になったのかなあ……。

そんなことを思いつつ富士太郎は、さして広くない湯島植木町の通りを歩いた。八丁堀からだいぶ歩いてきたせいで、体が熱を帯びており、少し汗ばんでいた。

──火鉢なんかよりも、歩いたほうがよほど温まるね……。

半町ほど先に、野次馬らしい人だかりが見えてきた。

「どうやらあそこのようですね」

ここまで富士太郎を先導してきた伊助が、指を差した。

「うん、そのようだ」

道を早足で歩いて、富士太郎たちは人だかりの背後にやってきた。そこにいる野次馬の誰もが背中を丸めて手をこすり合わせ、白い息を吐いていた。

道の西側に、霊雲寺《れいうんじ》という真言宗の寺がある。ここは、府内八十八カ所巡りの二十八番目の札所《ふだしょ》であるが、富士太郎はまだ一度も境内《けいだい》に入ったことがない。

「さあ、八丁堀のお役人がいらしたよ。道を空けてくれないか」

伊助が声を張り上げると、そこにいた者たちが驚いたように富士太郎たちを見、次々に脇へどいていく。

「済まないね」

野次馬に会釈《えしやく》しながら、富士太郎は前に進んだ。この者たちにも話をきくかもしれないから、そのときに気持ちよく語ってもらえるように、富士太郎は決して威張ったりしないように心がけている。

「これは樺山の旦那——」

湯島植木町で町役人《ちようやくにん》を務める陣造《じんぞう》が富士太郎を出迎え、挨拶してきた。

「お疲れさまでございます。よくいらしてくださいました」

陣造は六十を過ぎているはずだが、矍鑠《かくしやく》としており、歯が一本も欠けることなくすべてそろっているのが自慢の男である。

「陣造、この若いのは伊助というんだ。しばらくのあいだ、おいらの中間をすることになっている。かわいがっておくれよ」

富士太郎は伊助を陣造にまず紹介した。

「ああ、珠吉さんの代わりの方ですね。こちらこそ、よろしくお願いします」

伊助に向かって陣造が低頭した。

「どうか、よろしくお願いいたします」

伊助も深々とこうべを垂れた。

「それで樺山の旦那、珠吉さんの具合はどうですか」

顔を上げた陣造がきいてきた。富士太郎に向けてくる眼差しの強さからして、陣造は心底、珠吉のことを案じているようだ。

――珠吉は、捕物《とりもの》の世に身を置いて長いからねえ。町役人たちも、珠吉を頼りにすることが多かったにちがいないんだ。こうして陣造に珠吉が心配されるのも、当たり前のことなんだろうね。

陣造にうなずきかけ、富士太郎は力強い口調でいった。

「珠吉は本復間近だよ。もうじき、前と変わらずに働けるようになるさ」

おいらはそう信じているよ、と富士太郎は思った。

「それはよかった」

富士太郎の言葉を聞いた陣造が、うれしそうに相好《そうごう》を崩す。

「それで陣造、殺しと聞いたけど……」

顔を引き締めた富士太郎は、陣造に水を向けた。

「ええ、さようでございます」

首肯《しゆこう》した陣造が富士太郎をいざなう。

「樺山の旦那、こちらにいらしてくださいますか」

二間《にけん》ほど歩いて霊雲寺の向かいの路地に入り込んだ陣造が、盛り上がった筵《むしろ》の前にかがみ込んだ。

「こちらですよ」

富士太郎を見上げて、陣造がそっと筵をめくり上げる。

血の気がまったくない男の顔が、富士太郎の目に映った。仏は目を閉じていた。

その顔からは無念さはいっさい感じ取れなかったが、どこかすさんでいるように富士太郎は思った。

――はて、どうしてかな。

この仏は、あまりいい暮らしをしていなかったのではないか。富士太郎は、そんな気がした。

富士太郎を見て、陣造が口を開く。

「仏さんは今日の夜明け前に、この狭い路地で見つかったんです。その知らせを受けた手前は、すぐさま御番所に使いを走らせたのです」

うん、と富士太郎は顎を引いた。

「陣造、この仏の身元はわかったのかい」

「ええ、もうわかっていますよ」

陣造が大きく首を縦に動かしてみせた。

「この仏を目の当たりにしたとき、手前は一瞬にしてわかりました。仏は養吉《ようきち》さんといいます」

「養吉というのかい。何者だい」

「やくざ者ですよ」

唾棄《だき》するように陣造がいった。

――やくざ者だから、生き方が面にあらわれて、すさんでいるように見えたんだね。

富士太郎は合点《がてん》がいった。

「やくざ者といっても、どこか一家の子分というわけではなくて、養吉さんはただ一人だったんですよ。この土地の者から、蛇蝎《だかつ》のように嫌われていました……」

「養吉という男は、どうしてそんなに嫌われていたんだい」

「もう四十半ばでいい歳なのに、人の嫌がることを好《す》き好《この》んでしていたからですよ。酒と博打《ばくち》が大好きで、女にもだらしなかったんですよ。手込めにされた若女房がいたという話も聞きましたしね。わけもなく人を打擲《ちょうちゃく》したり、酒屋や飯屋で酒をたかったりしていましたね。あと、人の弱みを握っては強請《ゆすり》もしていたようです」

強請までしていたのか、と富士太郎は驚くしかなかった。

――そんな男を、おいらはこれまで野放しにしていたのかい……。

富士太郎は愕然とした。

「済まなかったね。おいらは今まで、養吉という男がいることとさえ知らなかった……」

「いえ、樺山の旦那、謝られるようなことではありません。養吉さんは、決して尻尾《しっぽ》をつかまれないように巧妙にやっていたんですよ」

「それでも、おいらは駄目同心だよ……」

「そんなことはありませんよ」

富士太郎を励ますように陣造がいった。

「手前も、仏になった者を貶《おとし》めるような言い方はしたくありませんが、この人はとことん下劣な男だったんですよ。誰もが死んでくれたらどんなにいいだろうかと願っていたような人でしたからねえ……」

富士太郎は気持ちを入れ直した。養吉という男をこれまで知らなかったのは恥ずべきことだが、そのことをくよくよしていても仕方がない。

「だったら、うらみに思っている者も少なくないんだろうね」

「それはもう。数え切れないほどじゃないですかね。死んでくれてほっとした者も多いでしょうし、よくぞやってくれたと、下手人《げしゅにん》を褒めたたえる者も少なからずいるでしょう」

——死んでなおそこまでいわれるなんて、養吉という男は、本当に嫌われ者だったんだねえ……。

「陣造、養吉を殺した下手人に心当たりはあるかい」

陣造を見据えて富士太郎は、ずばりきいた。間髪《かんはつ》を容《い》れず陣造がかぶりを振る。

「申し訳ないのですが、手前にはありません」

きっぱりとした声音《こわね》で陣造が答えた。そうかい、といって富士太郎はすぐさま別の問いを発した。

「手込めにされた若女房の亭主は、どうだい。養吉に、強いうらみを抱いていたんじゃないのかい」

それが、とつぶやくようにいって陣造がうつむいた。

「その夫婦は、はやり病にやられて二人とも死んでしまったんですよ。かれこれ六、七年ほど前のことになります」

「はやり病で……」

「はい」

まだ冷たいままの大気を富士太郎は、すう、と音を立てて吸い込んだ。

「陣造、もう検死は済んだのかい」

「ええ、つい先ほどですが……。賢拓《けんたく》先生がしてくださいました」

そうかい、と富士太郎はいった。賢拓とは、湯島植木町で医療所を開いている町医者である。湯島界隈《かいわい》で変死があったときは、検死を頼むことが多い。

「養吉が殺されたのは何刻頃だと、賢拓先生はおっしゃっていたんだい」

「昨夜の四つから八つのあいだではないかということです」

——ふむ、ほぼ真夜中といっていいね。

「養吉は刺し殺されたと聞いたけど、凶器はなんだったんだい」

「賢拓先生によれば、匕首《あいくち》のようなものではないかということです。さほど刃渡りが長い物ではないようですよ。養吉さんは匕首のような物で、腹を刺されたんです」

「養吉を死に至らしめたのはその傷なのかい」

「傷よりも腹から血を流しすぎたせいだと、賢拓先生はおっしゃっていました。そのあたりのことは、留書《とめがき》にして御番所に届けるそうですよ」

「それは助かるよ。──陣造、凶器は残されていなかったんだね」

「はい。若い者たちにこの近辺を捜させましたが、どこにもありませんでした」

「下手人が持ち去ったということか……」

ふむ、と鼻を鳴らすようにいって、富士太郎は顎をさすった。少し手のひらがざらついた。今日はひげをそり忘れたことに、富士太郎は気づいた。

──まあ、朝慌てて出てきたから、しようがないね……。

それに、富士太郎はそんなにひげの伸びが早いほうではない。今日一日くらいなら、ひげが目立つようなことにはならないはずだ。

「昨夜《ゆうべ》、殺しを目にした者、あるいは悲鳴などを聞いた者はいるのかい」

新たな問いを富士太郎は陣造にぶつけた。

「いえ、今のところ、そういう者は見つかっておりません」

首を横に振って陣造が否定した。それでもなにか見たり聞いたりした者がいるかもしれないから、と富士太郎は思った。

——聞き込みは、しっかりやらなきゃいけないよ。

ところで、と富士太郎は陣造にいった。

「誰が、この仏を見つけたんだい」

「近在の蔬菜《そさい》売りの百姓ですよ」

「その百姓の名は」

「迫兵衛《さこべえ》さんといいます」

「迫兵衛は、今どうしているんだい」

「そちらにいます」

陣造が右側を指さす。三間ばかり離れた一軒家の塀のそばに、空《から》の籠《かご》を背負った男がつくねんと立っていた。

——あの男が迫兵衛か……。

迫兵衛を見ながら陣造が話す。

「迫兵衛さんには先に得意先に蔬菜を届けてもらい、お役人がいらっしゃるからと、またここに戻ってきてもらったんですよ」

だから背中の籠が空なんだね、と富士太郎は納得した。

「そいつは手間をかけたね」

感謝の言葉を口にしつつ、富士太郎は迫兵衛に近づいた。

「おまえさんが迫兵衛かい。売り物の蔬菜を得意先へ配り終えたら、さっさと家に帰りたいだろうに……。おいらは、南町奉行所同心の樺山富士太郎というよ」

できるだけ柔らかな口調を心がけて、富士太郎は名乗った。

「あっしは迫兵衛と申します」

おずおずという感じで迫兵衛が頭を下げた。

「迫兵衛、そんなにかたくならなくてもいいんだよ」

にこやかに富士太郎はいった。

「は、はい」

それでも、迫兵衛の顔はこわばったままだ。町方の同心と話をすることなど、これまでに一度もなかったのだろう。

「おまえさんには鬼のように見えるかもしれないけど、決して取って食ったりはしないから、安心しておくれ。ただ、おまえさんから話を聞きたいだけなんだ」

ゆったりとした笑みを浮かべて、富士太郎は迫兵衛に告げた。

「は、はい、よくわかりました」

富士太郎を上目遣いに見て、迫兵衛が小さくうなずいた。

「おまえさんは夜明け前にこの仏を見つけたと聞いたけど、どういういきさつでこの路地に入ったんだい」

迫兵衛を見つめて、富士太郎は最初の問いを口にした。

「まことに申し訳ないのですが、実はこの路地で立ち小便をしようとしたんです。家を出てくるとき、眠気覚ましのお茶を飲み過ぎたようでして……」

「お茶を飲むと、厠が近くなるものね。小便をしようとしたときに、この仏に気づいたんだね」

「はい、さようでございます」

恥ずかしげに迫兵衛が答えた。

「そのとき、なにか気がついたことはなかったかい」

「えっ、気がついたことですか」

「たとえば、路地に人がいただとか、仏の様子がなにか妙に感じられたとか、そんなことでいいんだ」

　富士太郎にいわれて、迫兵衛が考え込む。

「いえ、なにもなかったと思いますが……。ほかに人もいませんでしたし」

「そうかい。おまえさんは、この養吉という男を知っているのかい」

　いえ、と答えて迫兵衛がかぶりを振った。

「存じ上げません」

「そうかい。迫兵衛、もう帰っていいよ。ご苦労だったね」

「ありがとうございます」

　安堵の色を表情にあらわして、迫兵衛が礼を述べた。

「では、これで失礼いたします」

　籠を背負い直して歩きはじめ、すぐに路地を出ていった。

　それを見送ってから富士太郎は、まだその場にいて興味津々《しんしん》という眼差しを送ってきている野次馬に目を向けた。

「おまえさんたちの中で、昨夜、養吉を目にした者はいないかい」

　声を張り上げて、富士太郎は野次馬にたずねた。

「あの、お役人」

一人の職人らしい男が、おそるおそるという感じで手を上げた。

「昨夜、養吉を見たのかい」

その男に目を当てて、富士太郎はきいた。

「はい、見ました」

「ちょっとこっちに来てくれるかい」

はい、とうなずいて男が歩み寄ってきた。

「おまえさん、名は」

すぐそばに立った男を見つめて、富士太郎はたずねた。

「手前は叡之助《えいのすけ》と申します」

落ち着いた声で男が名乗った。

「叡之助かい。いい名だね」

思ったことを富士太郎は素直に口にした。

「ありがとうございます」

にこりと笑んで叡之助が頭を下げた。

「それで叡之助、昨夜、養吉をどこで見たんだい」

「昨晩、養吉さんはこの路地で言い争いのようなことをしていたんですよ」

それはまた耳寄りな話だね、と富士太郎は勢い込むようにして思った。

「養吉は、誰と言い争っていたんだい」

できるだけ冷静さを保って、富士太郎は問いを放った。

「それがよくわからないんですよ。養吉さんの相手のほうは酔っ払っていたようなんですが、言い争いをしていた一人が養吉さんだというのは、声からわかりました」

「養吉の言い争いの相手は男だね」

一応、富士太郎は確かめた。

「さようです。がっちりとした体つきをしていました」

「おまえさんは、そのがっちりした男の顔は見たかい」

「この路地がほかより暗かったので、はっきりと見たってわけではないんですよ」

「養吉はその男と、どんなことで言い争っていたんだい」

「養吉さんは、金を出せみたいなことをいっているようでしたね。さっさと出せばいいんだ、なんて声が聞こえましたから……」

「強請かな」

「ええ、そうかもしれません。養吉さんというのは、どこで聞きつけてくるのか、人の弱みを握る名人でしたからね」

死人の悪口をいったことに気が差したか、叡之助がちらりと筵の盛り上がりを見た。養吉の死骸はまだ筵ですっぽりと覆われたままだ。

「養吉がその男を脅しているのがわかっても、あたりに止める者は誰もいなかったんだね」

叡之助を責める口調にならないように、富士太郎は気をつけた。

ええ、と叡之助が気弱げに面を伏せて顎を引いた。

「なにしろ、養吉さんの仕返しが怖いもので……。養吉さんが言い争いをしていたのを見たのはあっしだけじゃなかったんですが、みんな、見て見ぬ振りをしたんですよ」

関わり合いになりたくないという気持ちは、富士太郎にもよくわかった。

「その言い争いだけど、何刻頃《なんどき》だった」

あれは、と口中でつぶやいて叡之助が首をかしげた。

「多分、四つを少し過ぎたあたりではないかと思います」

四つ過ぎか、と富士太郎は思った。検死の結果と合致する。

「しかし、まさかあのあとに養吉さんが刺されただなんて、信じられませんよ」

それでも、叡之助はどこかうれしそうな表情をしている。町の壁蝨《だに》を殺してくれるなんて、なんとありがたいことをしてくれる人がいるんだろう、とでもいいたげな顔だ。

叡之助、と富士太郎は呼びかけた。はい、と背筋を伸ばして叡之助が答えた。

「人相書を描きたいんだけど、おまえさん、言い争いをしていた男の顔を思い出せるかい」

「人相書ですか……」

難しい顔をして叡之助が考え込んだ。

「先ほども申し上げましたが、暗くて薄ぼんやりとしか覚えていません。しかし、なんとかなるかもしれません」

そうかい、といって富士太郎はあたりを見回した。路地の奥に目をとめる。

——あそこでよいかな。

「叡之助、ちょっとこっちに来てくれるかい」

富士太郎は、路地の奥に叡之助を連れていった。そこには金持ちの隠居が住んでいそうな家が建ち、ぐるりをすべすべした板塀が巡っていて、そこなら人相書を描くのに都合がよさそうに見えたのである。

——この板塀を拝借させてもらえば、描けるね。

「よし、叡之助、今から人相書を描くから、力を貸しておくれ」

「はい、承知しました」

緊張した顔で叡之助が答えた。富士太郎は、腰に下げた矢立《やたて》から筆を取り出した。紙を一枚懐から抜き取り、板塀に当てた。手にした筆に、たっぷりと墨を含ませる。

「よし、がっちりした体つきの男の人相をきいていくよ」

「はい」

富士太郎は輪郭《りんかく》からはじめて、目や鼻、口の大きさや形を次々にたずねていった。

「こんな感じかな」

描き終えて富士太郎はつぶやいた。

「どうかな、似ているかい」

墨が乾くのを待って、富士太郎は人相書を叡之助に渡した。叡之助がそっと手に取り、人相書に目を落とす。

「ええ、よく似ていると思います」

深くうなずいて叡之助がいった。

「そうかい。そいつはよかった」

ほっとした富士太郎は、叡之助が返してきた人相書を丁寧にたたみ、懐にそっとしまい込んだ。

「ところで叡之助、おまえさんはこの界隈に住んでいるのかい」

「さようです。手前は、この湯島植木町で暮らしています」

「なにを生業《なりわい》にしているんだい」

「手前は錺《かざり》職人です」

「錺職人かい。一人でやっているのかい」

「さようです。すぐ近くの欽造店《きんぞうだな》という長屋を仕事場にしています」

「欽造店だね」

いずれまた、叡之助に話を聞かなければならないかもしれない。長屋の名を、富士太郎は頭に叩き込んだ。

「よし、叡之助、もういいよ。ありがとね。助かったよ」

「いえ、なんでもありません。お役に立ててようございました」

低頭し、叡之助が富士太郎の前からいなくなった。

「よし、伊助」

それまでなにもいわず、黙ってそばに付き従っていた伊助を富士太郎は呼んだ。

「はい、なんでございましょう」

「これから、先ほどの人相書を持って、この界隈を聞き込んでいくよ」

「はい、承知いたしました」

路地を出る前に、富士太郎は陣造に歩み寄った。

「これから、おいらたちは下手人捕縛《ほばく》に回る。陣造、いろいろとかたじけなかった」

「いえ、とんでもないことでございますよ」

口元に笑みを浮かべ、陣造が辞儀してきた。

「お役人に力添えをするのは、町役人として当然のことでございます」

「そういってもらえると、とてもありがたい」

「養吉さんは嫌われ者でしたが、だからといって殺してよいということにはなりません。樺山の旦那、下手人をどうか、挙げて下さい」

「うん、よくわかっているよ」

富士太郎はうなずいてみせた。

「必ず挙げるよ。ところで、養吉には女房や子がいるのかい」

「いえ、いません。独り身でしたので」

「親族はどうだい」

「それも聞いたことがないですね」

「そうか。ならば、養吉の遺骸を引き取る者はいないということになるね」

「ええ、そういうことになります」

少し唇を噛んで陣造が点頭《てんとう》した。

「ですので、養吉さんの遺骸は無縁墓地に葬ることになりましょう」

「そのあたりのことは、陣造、よしなに頼むよ」

「はっ、承知いたしました」

はきはきとした口調で陣造が答えた。

「ああ、そうだ。陣造、この男を見たことがないかい」

懐から人相書を取り出し、富士太郎は陣造に手渡した。人相書を手にした陣造が、どれどれ、とつぶやいて目を落とす。

「あれ」

軽く首をひねって、陣造が人相書をしげしげと見る。

「知っている者かい」

ええ、と陣造が首を縦に振った。

「この人相書は、源市さんに似ていますね」

「源市というと」

「元大工の棟梁ですよ」

「元大工の棟梁の源市は、この近くに住んでいるのかい」

「はい、近所ですよ。住まいは駒込片町《こまごめかたまち》ですから」

「元大工の棟梁ということは、今はもう隠居なのかい」

「そうです、五年ばかり前に隠居しましてね。源市さんといえば、以前は威勢がいい棟梁でしたねえ。手前は久しぶりに源市さんの名を思い出しましたよ……」

「源市は、駒込片町のどのあたりに住んでいるんだい」

「駒込片町には大圓寺《だいえんじ》というお寺があるんですが、その参道脇に立つ立派な家がそうですから、すぐにわかります」

――大圓寺の参道脇の立派な家か……。

富士太郎は心中で深くうなずいた。陣造が真顔になって富士太郎を見てくる。

「樺山の旦那、養吉さんを殺したのは、源市さんなんでしょうか」

「そいつはまだわからない。これから話を聞けば、はっきりするだろうね」

「まあ、おっしゃる通りですね」

今にもうなり出しそうな顔で、陣造が腕組みをする。

「陣造、どうしたんだい」

はい、と陣造が眉根を寄せていった。

「源市さんといえば、もともと血の気が多い人ではあるんですよ。大工の腕は抜群で、しかも人望もあって、大勢の大工たちをまとめ上げてきた人なんですけど、大の酒好きでしてね。酒が入ると血の気の多さが仇《あだ》になるというのか、これまで何度もしくじりを犯してきた人なんです……」

「ああ、そういう男なのかい。歳はいくつなんだい」

「手前も確かなところは知りませんが、大方《おおかた》、六十は過ぎていると思います」

「源市は、体つきががっちりしているかい」

「かなりのものですよ」

大きくうなずいて陣造が答えた。

「なにしろ、若い頃は力士になろうかと思ったくらいの力自慢だったそうですからね。横幅だけじゃなく、背丈もかなりのものですよ」

──力自慢の男が、匕首で養吉を刺したかもしれないのか……。

「では、今から源市のところに行って、事情をきくことにするよ」

「はい、ご苦労さまでございます。樺山の旦那、行ってらっしゃいませ」

富士太郎を見て陣造が小腰をかがめた。会釈して富士太郎は路地を歩きはじめた。

四

伊助を連れて富士太郎は路地をあとにしたが、通りを出て三間ばかり進んだところで足を止めた。

野次馬の姿は、すでにほとんどなかった。さすが江戸っ子というべきなのか、飽きるのも早いらしく、早々に立ち去ったようだ。

そばに立つ伊助を、富士太郎はじっと見た。穏やかな風貌をしている伊助は、なんですか、というような顔で富士太郎を見返してきた。

「伊助、駒込片町の大圓寺はわかるかい」

「はい、わかります」

迷いのない顔で伊助が答えた。

「ならば、案内できるかい。源市の家に行きたいんだ」

「はい、案内できます」

自信ありげな顔で伊助が顎を引いた。

「じゃあ、案内しておくれ」

「承知いたしました」

むろん、富士太郎も駒込片町がどこなのか知ってはいるものの、ここは伊助に任せ、江戸の道を熟知しているかどうか、確かめる必要があった。

珠吉には必ず復帰してもらうつもりでいるが、六十五で引退することは決定済みだ。

いま珠吉は六十三である。復帰したところで、さほど長く働けるわけではない。珠吉の後釜として、富士太郎は伊助に期待しないわけにはいかない。

伊助の先導で、富士太郎は道を歩き出した。湯島植木町から根津門前町を抜け、根津権現《ごんげん》の裏手に出る。そこから武家屋敷を迂回《うかい》する形で進んだ。

——うむ、ちゃんと道を知っているね。

前を行く伊助の背中に目を当て、富士太郎は頼もしく思った。

——もちろんすぐには無理だろうけど、この分なら、いつか伊助は珠吉の衣鉢《いはつ》を継ぐことになるにちがいないよ。

そんな確信を富士太郎は抱いた。そのあたりを見込んで、上役の荒俣土岐之助も富士太郎の中間に伊助を選んだにちがいなかった。

やがて伊助が道を左に折れた。それで富士太郎は駒込片町に入ったことを知った。少し歩くと、大圓寺の山門が左側に見えてきた。

富士太郎の歩調に合わせつつも足早に足を進めた伊助が、大圓寺の山門を過ぎたところで足を止めた。

「この家ではないでしょうか」

建坪が五十坪はありそうな二階屋が、富士太郎たちの眼前に建っている。広い庭が生垣《いけがき》越しに見えており、冬といえども鮮やかな緑が富士太郎の目にまぶしかった。

この家でまちがいないね、と富士太郎は思った。

——陣造がいっていた通り、町家《ちようか》にしてはずいぶん大きな家だね。さすがに元大工の棟梁だけのことはあるよ……。

刻限は、五つ半を過ぎたあたりであろう。大気は太陽によって暖められ、寒がりの富士太郎にも、かなり過ごしやすくなっていた。

家の中から物音がしている。誰かいるようだね、と富士太郎は思った。

「伊助、訪《おとな》いを入れてくれるかい」

「承知いたしました」

すぐさま前に進み出た伊助が枝折戸《しおりど》を開けた。丸い敷石を踏んで、戸口に向かう。そのあとに富士太郎は、続いた。

戸口の前に立った伊助が、ごめんください、と大声でいった。応《いら》えは返ってこない。

もう一度、伊助が同じ言葉を繰り返した。それでも返事はなかった。伊助が、どんどんと板戸を拳で叩いた。

しばらくそれを続けていると、ようやく中から返答があった。

「誰だい」

ずいぶん横柄《おうへい》そうな声に、富士太郎には感じられた。

「南町の番所の者だ」

板戸越しに伊助が声を張り上げた。しばらくのあいだ沈黙があった。ようやく板戸の向こうで人の動く気配がした。その直後、心張《しんば》り棒が外される音が聞こえ、板戸が横に滑っていった。

「御番所のお方だって……」

顔をのぞかせたのは、六十過ぎと思える男だった。しわが深く、腫れぼったい目をしているものの、瞳に宿る光は鋭い。肩幅があり、がっちりした体つきをしていた。背丈も五尺七寸は優にあり、富士太郎が見上げるほどだ。

――うむ、人相書によく似ているね。

男をじっと見て、富士太郎は胸中でうなずいた。

「おまえさん――」

富士太郎が男に声をかけると、気づいたように伊助が後ろに下がった。

「元大工の棟梁の源市かい」

ぎろりと瞳を動かし、男が富士太郎を見返してきた。腫れぼったい目をしているものの、その眼差しには、なかなかの迫力があった。生半《なまなか》の者では、見据えられてたじろいでしまうのではあるまいか。

——大工たちから人望があって、人をまとめ上げる力があるようなことを陣造がいっていたけど、これなら確かにそうだろうね。

今も源市をあがめている大工は少なくないのではないか。富士太郎はそんな気がした。

「はい、あっしが源市です」

酒で喉をやられたようなしわがれ声で、源市が答えた。

「おいらは、南町奉行所定廻《じょうまわ》り同心の樺山というよ」

目の前の男を見て、富士太郎は朗々《ろうろう》たる声で名乗った。

「十手を見せたほうがいいかい」

「いえ、けっこうです。黒羽織でそうだとわかりますから……」

そうかい、といって富士太郎は軽く咳払いをした。

「おまえさんにききたいことがあるんだけど、いいかい」

源市を見つめて富士太郎はたずねた。

「ええ。おききになりたいことというのは、なんですかい」

「昨晩のことだけど、おまえさん、湯島植木町に行ったかい」

「ええ、行きましたよ。天神さんのほうには、馴染みの飲み屋があるんで……」

「その飲み屋には何刻頃までいたんだい」

「四つの鐘が鳴ったのを聞いて、あっしは勘定にしました」

「その後どうした」

「飲み屋を出て、家に帰ってきました」

「まっすぐ戻ってきたのかい」

「ええ、そうですよ」

「誰かと言い争いをしなかったかい」

えっ、といって源市が眉間にしわを寄せた。

「いえ、誰とも言い争いなんかしなかったと思うんですが……」

洟《はな》をすすり上げた源市が、腰の手ぬぐいで鼻の下を拭いた。

「おや──」

その手ぬぐいを見て富士太郎は声を発した。

「血がついているね」

えっ、と源市が狼狽したように手ぬぐいを見つめた。その手ぬぐいには、赤黒い色がまだらについていた。

「ああ、これですかい。昨晩、鼻血が出たんですよ」

薄ら笑いを浮かべて源市がいった。嘘をついているね、と富士太郎は確信した。

「ところでおまえさん、養吉という男を知っているかい」

源市を見据えて富士太郎はたずねた。

「ええ、知っていますよ。壁蝨のようなやくざ者ですよ」

いかにも憎々しげに源市が答えた。

「そんな口ぶりでは、おまえさん、養吉に意趣《いしゅ》でも抱いているのかい」

いえ、と答えて源市がかぶりを振った。

「そのようなことはありませんよ。あんな壁蝨のような男、いちいち気にしていたら、体を悪くしそうですからね」

そうかい、と富士太郎はいった。

「実は昨晩、その養吉が刺し殺されたんだ」

「ほう、養吉が……」

「驚かないね」

ふん、と源市が鼻を鳴らした。

「養吉なんざ、殺されて当然のような男ですからね。いつ死んでもおかしくない男が死んだからといって、なんら驚くようなことではありませんよ」

うそぶくように源市がいった。ところで、と富士太郎はきいた。

「おまえさん、匕首を持っているかい」

むっ、と源市がうなるような声を上げ、黙り込んだ。

「持っていないのかい」

「えーと……」

うつむいて源市が言葉を濁した。

「持っているのか、持っていないのか、はっきりしてくれるかい」

富士太郎が強くいうと、唇をぎゅっと引き結んで源市が顔を上げた。しばらく
富士太郎を凝視してから口を開く。

「あの、普段は護身用に持ち歩いているんですが……」

「今は持っていないということかい」

「さようで……」

言葉少なに源市が答えた。

「なくしたのかい」

「そうかもしれません」

「だったら、おいらが匕首を捜してやろうか」

「いえ、お役人のお手を煩《わずら》わせるようなことでは……」

そうかい、と富士太郎はいった。

「源市、家捜ししてもいいかい」

「えっ、家捜しですか」

びっくりしたように源市が目を見開いた。

「そうだよ。おまえさんは、鼻血を出すくらい具合が悪そうだからね。そのおまえさんに代わって、おいらが匕首を見つけてやろうというんだ」

うっ、とうめくような声を源市が上げた。

「いえ、けっこうです」

「遠慮はいらないよ」

「いえ、本当にけっこうですから」

「そういうわけにはいかないんだよ」

強い声で富士太郎はいった。驚いたように源市が瞠目《どうもく》する。

すぐさま懐に手を入れ、富士太郎は人相書を取り出した。

「これはおまえさんだね」

人相書を持ち上げ、富士太郎は源市がよく見えるようにした。瞬《まばた》きのない目で、源市が目を凝らして人相書を見る。

「ええ、どうやらそのようですね」

不承不承《ふしょうぶしょう》ながら源市が認めた。

「あの、この人相書は誰が描いたんですか」

「おいらだよ」

「えっ、御番所の旦那が描かれたんですか。それはまた、ずいぶんと達者ですねえ」

源市が心にもない追従《ついしょう》を口にしたように、富士太郎は感じた。

「この人相書の男が昨晩、養吉と言い争いをしていたんだ。だから、この男が養吉を刺し殺したとみて、まずまちがいないだろうね。つまり、おまえさんが養吉殺しで最も疑いの濃い男なんだよ」

「えっ、あっしがですか……」

「源市、養吉を殺した覚えはないかい」

「はい、ありません」

富士太郎を見て源市がきっぱりと答えた。そうかい、と富士太郎はいった。

「おまえさんは匕首をなくしたといった。もしかしたら、その匕首はこの家にあるかもしれない。養吉の命を奪った凶器は匕首らしいんだよ。この家から匕首が出てくれれば、おまえさんが養吉を殺したとみて、番所にしょっ引くことになるね」

「番所は勘弁してください」

「匕首が見つからなければ、とりあえずしょっ引くことはないよ」

「えっ、そうなんですか」

「詳しい話を聞くために、番所に来てもらうことにはなるだろうけど、それは無理矢理じゃない」

「結局は、御番所に行かなきゃいけないんですか」

「まあ、そうだね。どのみち同じことだから、家捜しをさせたほうがいいだろうね」

ため息を漏らしそうな顔で、源市が下を向いた。

「家捜しをするまでもありません」

うつむいたまま源市がいった。

「どうしてだい」

「あっしが持っているからですよ」

「なくしたわけじゃなかったんだね」

「ええ、嘘をつきました」

気弱そうな顔で源市が答えた。

「源市、匕首を出してくれるかい」

「はい、わかりました」

観念したようにいって、源市が懐に手を突っ込んだ。まさか妙な真似をする気じゃないだろうね、と富士太郎はわずかに身構えかけたが、杞憂《きゆう》に終わった。

「こいつです」

懐から取り出した匕首を、源市が神妙に差し出してきた。すでに覚悟を決めたらしい顔つきをしており、妙な真似をするような気配はなかった。

「うむ、殊勝だね」

源市を褒めてから、富士太郎は匕首を手にした。すぐさま匕首の身を鞘《さや》から抜こうとしたが、なにかが引っかかっているような感じで、すんなりと出てこなかった。

富士太郎は力を込めて、匕首を引き抜いた。匕首の身には、案の定、血糊《ちのり》がべったりと付着していた。

「この血はなんだい。まさか、これも鼻血だというんじゃないだろうね」

「鼻血なんかじゃありません。これは養吉の血ですよ」

「じゃあ、この匕首で養吉を刺したことを認めるんだね」

「はい、認めます」

「よし、ならば、今からおまえさんを番所に引っ立てる。いいね」

「はい、わかりました」

その言葉を聞いて富士太郎は後ろを振り返り、伊助を見やった。

「伊助、源市に縄を打ちな」

厳しい声で富士太郎は命じた。

「承知いたしました」

腰に下げた捕縄《とりなわ》を外しながら、伊助が源市の前に進み出た。

「両手を出してくれるか」

低い声で伊助が源市にいった。へい、と答えて源市が両手を差し出すようにした。伊助が捕縄で源市の両手をきつく縛った。富士太郎は結び目を確かめた。緩みはなく、これなら決して解けないだろう、と富士太郎は判断した。

「源市、なぜ養吉を刺したんだい」

南町奉行所に連れていく前に、富士太郎は源市にたずねた。

「飲み屋を出たあと、あっしは気持ちよく道を歩いていたんですが、そこにあの男があらわれて、いきなりよろけて肩をぶつけてきましてね。あっしを路地に連れ込み、その上、肩の骨が折れたから医者代をよこせなんてふざけたことをいってきたんですよ。それがあまりにしつこくて腹が立ったんで、あっしは匕首を取り出し、あの男を刺したんですよ」

「どこを刺したか覚えているかい」

「さて、どこでしたかね……」

宙を見て源市が首をひねる。

「腹かそのあたりじゃないですかね」

「その通りだよ」

源市を見つめて富士太郎は肯定した。

「養吉は腹を刺され、傷口からおびただしい血を流した。それが養吉の命取りになったんだ」

「そんなに多くの血が流れたんですか」

「ああ、そのようだね」

軽く首を上下させた富士太郎は、顎をしゃくった。

「さあ、行くよ」

「わかりました」

逆らう様子などいっさい見せない。

「源市、おまえはこの家で一人暮らしなのか」

源市を見て富士太郎はきいた。

「ええ、女房と死別してからずっと一人で暮らしていますよ」

「戸締まりはどうする。留守にしているあいだに、泥棒に入られてしまうよ」

富士太郎を見てからうつむいた源市が苦笑してみせる。

「あっしが、この家に戻ることはあるんですかね」

ないだろうね、と富士太郎は思った。なにしろ人を殺してしまったのだから、死罪が決定したといってよい。罪一等《つみいっとう》を減じられて、遠島になることもあるかもしれないが、ほとんど考えられることではない。

そのとき源市がなにかつぶやいた。えっ、と富士太郎は思い、源市を見つめた。

「今なんといったんだい」

すぐに面を上げた源市が富士太郎を見た。

「ああ、いえ、なんでもありませんよ」

首を横に振ったが、こちらを小馬鹿にしたような笑いを源市が漏らしたのを、富士太郎は見逃さなかった。

――なんだい、この笑みは。

世間そのものをなめているのではないかと思わせる笑いのように、富士太郎は感じた。

すぐさま笑みを消した源市は黙り込み、なにもいわなくなった。

「源市、錠はどこにあるんだい」

待ちきれずに富士太郎は源市にただした。

「ああ、ここにありますよ」

三和土のところに木製の沓箱《くつばこ》がしつらえられてあり、その上に錠と鍵が置かれていた。

「それは、あっしがつくった沓箱ですよ」

いとおしそうな目で源市が沓箱を見やる。なかなかしっかりした沓箱のように富士太郎には思えた。

「おまえさん、棟梁になるくらいだから、やはり腕がいいんだね」

「いや、腕より体の大きさで棟梁になったようなものですよ。押し出しがいいんでね」

「じゃあ、これはおいらが預からせてもらうよ」

富士太郎は沓箱の上の錠と鍵を手にし、板戸を閉めた。錠を下ろし、鍵をかける。

それから富士太郎は源市をいざなった。

「よし、行こうか」

伊助が縄の先を持ち、源市に歩くように促す。へい、と答えて源市が歩き出した。

半刻ほどかかったが、富士太郎たちは何事もなく南町奉行所にたどり着いた。

大門《おおもん》を入った富士太郎は、町奉行所の建物の玄関前で、この場で待つように伊助にかたく命じた。

「決して源市から目を離さないように。わかったかい」

「はい、承知いたしました」

いかめしい顔で伊助が答えた。

「源市、おまえさん、歳はいくつだい」

「六十二ですけど、それがどうかしましたか」

「まあ、ちょっと必要なんだ。──では、行ってくるよ」

伊助にいい置いて富士太郎は、母屋《おもや》に詰めている赦帳撰要方人別調掛《しゃちょうせんようかたにんべつしらべかかり》の会沢《あいざわ》広右衛門《ひろえもん》に会い、どういうことがあったか、伝えた。

赦帳撰要方人別調掛は、罪人の名簿と罪状書をつくる役目で、恩赦《おんしゃ》や人別帳の作成などの仕事もしている。

この掛に会って書類をつくってもらわないと、町奉行所内にある仮牢《かりろう》に罪人を入れることができないのだ。

「わかった。富士太郎、これから仮牢に入れる罪人は、駒込片町在の元大工の棟梁源市、六十二歳でまちがいないな」

文机《ふづくえ》の帳面にその旨を書きつけて、広右衛門が確かめてきた。

「はい、まちがいありません」

「よし、では源市とやらを仮牢に入れてくれ。この札を牢番に渡すのだぞ。いわずとも、富士太郎はわかっておるな」

微笑とともに広右衛門がいった。富士太郎は札を受け取り、確かめた。それには源市の名と歳が書かれていた。

「では、これから仮牢に行ってまいります」

頭を下げて富士太郎は赦帳撰要方人別調掛の詰所《つめしょ》をあとにし、建物の外に出た。玄関近くで伊助と源市がおとなしく待っていた。

「よし、行こう」

伊助にいい、富士太郎は仮牢のある建物に向かった。

仮牢のある建物の中はどこかどんよりとしており、胸が詰まるような感じを受けた。なにか息をしにくい。

そこで富士太郎は二人の牢番に会い、広右衛門から預かった札を渡した。

「では、これからこの源市を仮牢に入れます」

年かさの牢番がいい、源市の縛《いまし》めの縄をほどいた。そのときもまた源市はなにか笑みを口の端に浮かべた。

――どうして笑えるんだろう。

これから仮牢に入り、明日にでも小伝馬町《こでんまちょう》の牢屋敷に連れていかれることになるというのに、どこにそんな心の余裕があるのだろうか。富士太郎には不思議でならない。

ほどいた縄を伊助に手渡してから、年かさの門番が源市を奥に連れていった。いま仮牢に罪人が入っているかどうか、富士太郎の位置から仮牢の中は見えなかった。

仮牢は、町人や百姓など庶民が入れられる牢である。武家が町奉行所の牢に入れられることは滅多にないが、そちらは仮揚屋《かりあげや》と呼ばれている。

「よし、行こう」

伊助にいって富士太郎は仮牢を出た。新鮮な大気を存分に吸い込みつつ敷石を踏んで歩いた。

「一つ仕事が終わったね」

笑いながら富士太郎は伊助に語りかけた。

「はい、無事に済んでよかったです」

ようやく緊張から解き放たれたか、伊助はほっとした顔をしている。

「おいらは今から荒俣さまにお目にかかってくるから、伊助はこのあたりで待っていておくれ」

「承知いたしました」

張りのある声でいって、伊助が辞儀する。

「では、行ってくるよ」

玄関から町奉行所の建物内に入り、富士太郎は廊下を進んだ。

土岐之助の詰所の前に住吉《じゅうきち》が座していた。

「住吉、荒俣さまはいらっしゃるかい」

近づいて富士太郎は声をかけた。

「はい、いらっしゃいます」

すぐに住吉が、腰高障子に向かって声を発した。

「荒俣さま、樺山さまがいらっしゃいました」

「おう、富士太郎か。入ってくれ」

住吉が腰高障子を開けてくれた。一礼して富士太郎は敷居を越え、土岐之助の文机の前に端座した。

「どうだ、伊助は」

文机の上の書類を閉じた土岐之助が富士太郎にきいてきた。

「さすがに珠吉の域にすぐさま達するということはないでしょうが、今のところは素晴らしいです。さすがに、荒俣さまが見込まれただけのことはあると存じます」

「そうか。それはよかった」

にこにこと土岐之助が笑《え》んだ。

「それで荒俣さま。今日、それがしは伊助とともに一人の罪人を捕まえました。あとで留書にして提出いたしますが、まず口頭にて報告いたします」

「うむ、聞こう」

少し身を乗り出し、土岐之助が富士太郎をじっと見てきた。

今朝からの一連の出来事を、富士太郎は詳《つまび》らかに告げた。

「ほう、人殺しを捕らえたか。元大工の棟梁の源市という男だな。わかった。おぬしの手柄だ、よく覚えておこう」

うれしそうに土岐之助が相好を崩した。

「ほんの半日でけりをつけるなど、よくやったな。さすが富士太郎だ。我が南町奉行所で一番の切れ者だけのことはある」

口を極めて土岐之助がほめてくれ、富士太郎は心が浮き立ってならない。

その後、もう一度、伊助を連れて縄張内の見廻りに出た。

つつがなく見廻りが終わり、夕刻に富士太郎と伊助は南町奉行所に戻ってきた。

大門を入ったところで、富士太郎は伊助をねぎらった。

「よし、今日はこれで終わりだよ。伊助、疲れたかい」

「はい、少し疲れました。足がだるいですね」

初日にいきなり人殺しの下手人を捕らえ、その後、急ぎ足で縄張の見廻りをした。疲れないはずがない。

「よくがんばったよ。明日もよろしく頼むね」

「こちらこそよろしくお願いいたします」

伊助が深く頭を下げてきた。

「伊助はこれからどうするんだい。長屋に戻るのかい」

「いえ、夕餉《ゆうげ》を食べに近所の飯屋に行こうと思っています」

「そうかい。おいらがおまえさんに夕餉をご馳走できたらいいんだけど、妻が夕餉を支度して待っているのがわかっているからね」

「ああ、いえ、どうか、樺山の旦那、お気を使わないでください。飯屋で食事をとるのも、あっしの楽しみの一つなんですよ」

「それはよかった。今から食事に出かけるのかい」

「そのつもりです」

「そうかい。じゃあ、ここでお別れだね」

「はい。樺山の旦那、今日一日、まことにありがとうございました」

「こちらこそ助かったよ。ありがとね」

「では失礼いたします」

一礼して伊助が大門を出ていった。大門は暮れ六つに閉じられる。暮れ六つまで、あと四半刻もないだろう。大門が閉じられたあとは、横のくぐり戸から入ればよいことになっている。

伊助を見送った富士太郎は、大門の脇にある同心詰所の出入口を入り、薄暗い廊下を進んだ。突き当たりの板戸を開け、敷居際に立った。

先輩同心たちが文机の前に座り、書類仕事をしていた。

「ただいま戻りました」

敷居際でいって富士太郎は詰所内に入った。

「おう、お帰り」

「ご苦労だったな」

そんな声が富士太郎に飛んできた。富士太郎は頭を下げてから文机の前に端座した。

すぐに、今日の源市の一件を留書にまとめねばならない。さすがに疲れているから明日に回したいが、そんなことをしたら、せっかくの記憶が薄れてしまう。明瞭に覚えているうちに、書類にしてしまったほうがよい。

自分用の行灯を引き寄せて、富士太郎は留書を書いた。

「これでよいかな……」

書き上げたばかりの留書を、富士太郎は読み直した。

「いいね。どこも直すところはないよ……」

これは明日、土岐之助に提出すればよい。富士太郎は留書を裏返して文机の上に置いた。

「よし、帰ろうかな」

ずいぶん詰所の中が静かだと思い、まわりを見てみたら、誰もいなかった。

「なんだ、おいらが最後か……」

よっこらしょ、といって富士太郎は立ち上がった。

「ああ、腰が痛いね」

行灯を持ち、富士太郎は敷居際までいった。そこで行灯を吹き消す。詰所の中が一気に暗くなった。

「これでよし」

つぶやいて富士太郎は詰所を出、板戸を閉めた。柱の燭台《しょくだい》に灯されている明かりを頼りに廊下を歩いて、大門脇の同心詰所の出入口を抜ける。

外はすっかり暗くなっていた。暮れ六つはとうに過ぎ、今はもう六つ半に近いのではあるまいか。

――こんなに帰りが遅くなっちまって、智ちゃんが心配しているだろうねえ。

「さて、帰るとするか」

大門横のくぐり戸に向かって、富士太郎は歩きはじめた。

――いや、帰る前に……。

珠吉の顔を見ておこうかな、と富士太郎は考えた。

――智ちゃんを待たせることになって悪いけど、やはり珠吉のことは心配だからね。

くるりと体を返し、富士太郎は奉行所内の中間長屋に赴いた。

珠吉の長屋には明かりが灯っていた。障子戸の前に立ち、富士太郎は訪いを入れた。

「珠吉、いるかい」

「はい、おりますが」

すぐに中から男の声で応《いら》えがあった。

「あれ、その声は……」

人影の映った障子戸が横にするすると動いていった。顔をのぞかせたのは珠吉である。

「旦那、どうかしたんですかい」

目をみはって珠吉がきいてきた。

「どうもしないよ、珠吉の様子を見に来たんだよ」

「ああ、さいですかい。お気遣いくださり、ありがとうございます。旦那、よく来てくださいましたね」

「うん。珠吉に会いたくてさ」

「じゃあ、中に入って下さい」

「うん、言葉に甘えさせてもらうよ」

頭を軽く下げて富士太郎は狭い三和土に入り込んだ。雪駄を脱ぎ、四畳半に上がり込む。

中には味噌汁のにおいが漂っていた。いいにおいだね、と富士太郎は思った。

「樺山の旦那、こんばんは」

台所に立っていたらしい珠吉の女房のおつなが、湯飲みを持ってきた。富士太郎の前に湯飲みを置く。

「どうぞ、お茶を召し上がって下さい」

「おつなさん、ありがとう。喉が渇いていたから、助かるよ」

「そんなに熱くしていませんから、どうぞ、がぶりとやってください」

「ありがとね」

湯飲みを持ち、富士太郎はごくりと飲んだ。おつながいう通り、ぬるめに淹《い》れてあった。

「ああ、おいしい。生き返るね」

「もう一杯、いかがですか。今度は熱く淹れてきますよ」

「いや、もうけっこうだよ。夜はできるだけ茶を飲みすぎないようにしているんだ」

「ああ、眠れなくなってしまうからですね」

「そうなんだ。いつもくたくたに疲れているから、お茶なんて何杯飲もうと関係ないんだけど、ときおりどういう加減か、眠れなくなっちまうことがあるんだ。明日の務めを考えれば、眠れなくなるのは、どうしても避けたいものだからさ」

「ええ、よくわかります。うちの亭主も、夜のお茶は一杯だけと決めていましたから」

「ああ、そうだったのかい」

声を上げた富士太郎は、目の前に座している珠吉の顔をじっと見た。

顔色は悪くない。しかし、まだ本調子とは、とてもいえないだろう。

なんといっても、よく生き延びられたというべき傷だったのだ。富士太郎の中間として復帰するまでは、さすがにかなりの時がかかるのはまちがいないのだ。

――まさか、このまま隠居なんてことにならなきゃいいけど……。

「旦那、心配無用ですよ」

富士太郎の心を読んだらしく、病み上がりとは思えない、つややかな声で珠吉がいった。

「あっしは、旦那の中間として必ずまた仕えさせてもらいますからね」

「待っているよ」

笑みを浮かべた富士太郎は心からいった。

「しかし、珠吉はまるでおいらの心を読んだかのようだね」

「当たり前ですよ」

胸を張って珠吉がうれしげに笑った。

「いったい、いつからの付き合いだと思っているんですか。あっしは、旦那のおしめを替えたこともあるんですよ。旦那の立派な持ち物を幾度となく見せてもらったんですからね」

「おいらの持ち物のことは、どうでもいいんだよ」

富士太郎は渋い顔でいった。

「ところで旦那——」

真顔になって珠吉が声を発した。

「今日は誰かを連れて見廻りに出たんですかい」

「伊助を連れていったよ」

「伊助さんというと、金之丞さんの下っ引を務めていた人ですね」

「そうだよ」

「伊助さんは、どうでした」

「初日にしては、まずは上々だろうね。無難に務めたよ」

「それはよかった」

珠吉が安堵の色を面に深くあらわした。

「でしたら、当分のあいだ、あっしは休んでいても大丈夫ですね」

「大丈夫だけど、できたら早めに復帰しておくれよ。なにしろ珠吉と一緒に仕事ができるのは、六十五までしかないんだから」

「ああ、さようでしたね」

少しだけ寂しげな色を頬に浮かべて、珠吉がうなずいた。

――やはり引退するというのは、涙が出るくらい物悲しいものなんだろうねえ……。

「旦那、話は変わりますが、智代さんはお元気ですかい」

気を取り直したように珠吉がきいてきた。

「もちろん元気だよ」

張りのある声で富士太郎は答えた。

「智代さんは、今月が産み月でしたね。あっしは、旦那のお子をこの手に抱くのが楽しみでしようがないんですよ。まったく待ちきれねえ」

鼻息も荒く珠吉がいった。おつなは珠吉のその様子を見て、にこにこと笑んでいる。

「この人ったら、智代さん、早く産んでくれねえかなあ、って毎日いっているんですよ」

「ああ、そうなんだね」

この分なら、と珠吉の笑顔を見つめて富士太郎は思った。

――本当に復帰は近いようだね。

そんなことを思って富士太郎は安心した。

――もし伊助にその気があるなら、六十五で珠吉が隠居したのちに、中間になってもらおう。虫がよすぎるかな。いや、そんなことはないよね。

この世は縁でできている、と富士太郎は思っている。もしその縁が深いのであれば、きっと伊助は、富士太郎の中間になってくれるにちがいなかった。

第二章

一

不意に、なにか叫び声が聞こえたような気がし、荒俣土岐之助は眠りが浅くなったのを感じた。

——なんだ、これは。

すぐに土岐之助は解《かい》した。

——菫子《すみれこ》か……。

これは毎朝、繰り返されていることに過ぎない。屋敷の庭で、妻の菫子が薙刀《なぎなた》を振っているのだ。

菫子が薙刀を振るのは、常に夜明け前である。そんな刻限では近所迷惑になるために声は発していないが、菫子の心のうちから発せられる気合が、夢心地だった土岐之助の胸のうちに伝わり、目を覚まさせたのである。

——毎朝、熱心なことだな。菫子はまったく大したものよ。

土岐之助は頭が下がる思いだ。一緒になってすでに二十数年たつが、そのあいだ菫子は一日も欠かすことなく、屋敷の庭で薙刀の稽古をし続けてきたのである。

——やはり達人と呼ばれる者は、心構えからしてちがうのであろうな……。

薙刀相手の稽古では、土岐之助は菫子にまるで歯が立たない。むろん、竹刀《しない》で立ち合っても勝ち目はほとんどないのだが、それでも薙刀ほど勝負にならないということはない。

——もし秀士《しゅうし》館《かん》の剣術道場がおなごを入れてもよいということになれば、菫子を入門させたいものよ……。

菫子ならば、秀士館の薙刀師範になれるのではないかと、土岐之助はにらんでいるのである。

——そういえば……。

ふと、土岐之助は思い出した。ある剣術家がいっていたが、薙刀は数ある得物《えもの》の中で最も強いということだ。薙刀の達人である菫子が、秀士館に入ってどのくらいやれるものか、土岐之助は楽しみでならない。

——おや。

枕に頭を預けたまま、土岐之助は顔を庭のほうに向けた。庭からの気合が感じられなくなったのである。

——菫子が稽古を終えたようだな。

これから台所に行き、朝餉の支度をするのであろう。

——半刻《はんとき》も薙刀の稽古をし、それから朝餉の支度にかかるなど、菫子はまことに大したおなごよ。

土岐之助は感心するしかない。まことに得がたい女を妻にできたものよと、嘘偽りなく思っている。

——わしは、本当に運がよい男だ。よし、起きるとするか。

だが、すぐにもう少し、まだこのまま横になっていたいという気持ちが土岐之助の中で湧いてきた。なにしろ今朝も寒気《かんき》がことのほか厳しく、このまま掻巻《かいまき》にくるまっていたかった。

——このまま床にいられたら、どんなによいだろう……。

今は七つ半というところであろう。

——ならば、あと半刻ほどは横になっていても構うまい。

そうしよう、と土岐之助は心に決めた。

——ああ、わしはなんとも弱い男よな。しかしこれほどの寒さの中、掻巻にくるまってうつらうつらしているのは極楽以外のなにものでもないゆえ……。

そんなことを思っているうちに、土岐之助は再び眠りに引き込まれていった。

ふと、体を揺すられているのを土岐之助は感じた。あなたさま、と呼びかけてくる声も聞こえた。

なんだ、と思って土岐之助は目を開けた。眼前に妻の顔があった。

「どうした、菫子」

少し驚いて土岐之助はきいた。

「あなたさま、明け六つを過ぎましてございます」

「ああ、なんだ、もうそんな刻限か。いつの間にか、また眠ってしまったわ」

「では、あなたさまは一度、起きられたのですか」

「ああ、そなたが庭で稽古をしている気配が伝わってきて目が覚めたゆえ……」

「あなたさまを起こすような真似をしてしまい、まことに申し訳ないことをしました」

「いや、菫子、別に謝ることはない」

にこやかに土岐之助はいった。

「わしは、そなたが薙刀の稽古をしている姿を想像するのが、大好きゆえ、目が覚めたことがむしろうれしかったくらいだ」

それを聞いて菫子がにこりとした。

——ああ、なんと美しいおなごよ。菫子はまったく歳を取らぬ。まるで引き込まれそうな笑顔ではないか……。

にこにことして菫子が見つめてくる。

「相変わらずあなたさまは、とても優しいお方ですね」

「いや、そのようなことはない」

すぐさま土岐之助は否定した。

「なにしろわしは、番所《ばんしょ》で鬼の荒俣と呼ばれておるくらいだからな」

「えっ、鬼の荒俣でございますか」

土岐之助を見て菫子が目を丸くする。

「初めて聞きました。あなたさま、まことにそう呼ばれているのでございますか」

　菫子を見やって、土岐之助はにやりとした。

「実は呼ばれておらぬ。むしろ、仏の荒俣とあだ名がついておるくらいだ」

「ああ、そうでございましょうな」

　ほっとしたように菫子が笑った。

「あなたさまに、鬼という言葉はふさわしくありませぬ。さあ、あなたさま、そろそろ起きて下さい」

「ああ、そうだな。明け六つを過ぎたのでは、もう眠るわけにはいかぬ」

　土岐之助は上体を起こし、床の上にあぐらをかいた。それだけで、寒気に体を締めつけられるような気がした。うぅ、とうめき声が口から漏れる。

「さすがに寒いな」

「はい、今朝はことのほか冷え込みました。先ほどまで風花《かざはな》が舞っておりましたよ」

「風花が……」

「はい。空は晴れておりますのに、雪だけがひらひらと舞って、とてもきれいでした」

「そなたはまことに寒さに強いな」

土岐之助としては感心するしかない。

「この寒さの中、あなたさまはぐっすり眠れたようですね」

土岐之助の顔色のよさを見て取ったか、笑顔で菫子がいった。

「ああ、よく眠ったな。それに、やはり二度寝《にどね》は気持ちがよい。こんなにぐっすり眠ったのは、久しぶりのような気がする」

その土岐之助の言葉を聞いて、菫子がくすりと笑った。

「なんだ、菫子、なにがおかしい」

「だってあなたさまは、いつもいつもぐっすりと眠っておられるではありませぬか」

「いわれてみれば、その通りだな……。わしは眠るのがとても好きだ。世の中に寝るより楽はほかになし、だ」

肩を揺すって、土岐之助はしゃんとした。それで少しだけ寒さが取り払われたような気がする。

「菫子、今日は何日だったかな」

「師走《しわす》の二日です」

土岐之助を見て菫子が即答した。

「ああ、そうであったな。昨日、師走になったばかりだった……。まことに日のたつのは早いものよ。この分なら、正月もあっという間にやってくるな」

「はい、お正月は楽しみでならぬのですが、いろいろと支度をしなければなりませぬのが、いささか重荷ではございます」

「おなごは大変だな。だが菫子、正月の支度が重荷であるなら、無理はせずともよいぞ。うちには子もおらぬし、訪ねてくる者もあまりない。二人でのんびり過ごすのも、乙《おつ》ではないか」

「いえ、それでも昵懇《じっこん》にしている同心の方々がご挨拶においでになりましょう。あの方たちは、新たな年の始まりにあなたさまにお目にかかるのを、なによりの楽しみにされているようですから……」

「どうもそのようだな。正月にわしと会って、なにが楽しいのかわからぬが……」

「あなたさまは、人の気持ちをほっこりさせる力をお持ちです。あなたさまと一緒にいると、気持ちが温かくなります。わたくしには、皆さまのお気持ちがよくわかります」

菫子にいわれて、土岐之助は首をひねった。

「わしにそのような力があるかな」

「ありますとも」

腕まくりするような勢いで菫子が断言した。

「しかし、あなたさまは私よりもずっと大変でございましょう」

いきなりそんなことを菫子がいった。

「なにが大変だというのだ」

「だって師走になると、犯罪が増えるのでございましょう」

「まこと、その通りだな。暮れの支払いに窮《きゅう》した者が、犯罪に走ることが多くなるのは確かだ……」

「師走になると、御番所は大忙しということでございますね」

「うむ、配下たちも大忙しになろう」

「あなたさま、身を粉《こ》にして働くのは大変でございましょうが、江戸の人たちのために、がんばってくださいませ」

「ああ、よくわかっておる」

菫子を見つめて、土岐之助はきっぱりといった。土岐之助をじっと見て、菫子がにっこりした。

「あなたさま、じき朝餉はでき上がります。着替えをいたしましょう」

菫子にいわれて土岐之助は立ち上がり、搔巻を脱いだ。

「うう、寒いなあ」

肩をすくめるようにして、土岐之助はぼやいた。その姿を見て菫子が微笑する。

「あなたさまは、いくつになっても寒がりでいらっしゃいますね」

「むしろ、歳を取るにつれて寒さがこたえるようになってきたぞ」

「歳を取ると血の巡りが悪くなっていくと、鍼灸《しんきゅう》が大好きな祖母が前にいっておりましたが、あなたさまの寒がりはそのことと関わりがあるのではないでしょうか……」

「血の巡りか。確かに、血が勢いよく体を巡っておれば、寒さは感じなそうだな。菫子、そなたはいかにも血の巡りがよさそうだな。顔がつやつやしておるし、手も実にふっくらしておる」

「もし私の血の巡りがよいのなら、それは毎朝の薙刀の稽古が効いているのでございましょう。私の手がふっくらしているのは、水仕事をせぬからだと思います」

　菫子は朝餉や夕餉の支度はするものの、食器などを洗ったり、米を研《と》いだり、蔬菜を洗ったりすることはない。

　それらのほとんどを、女中の喜代実《きよみ》に任せている。むろん、洗濯をすることもない。

　二百石の禄《ろく》をいただいている与力の妻として、当然のことである。むしろ、与力の妻で朝餉や夕餉の支度をするほうが珍しいのだ。

「そうか、日課の稽古がそなたの血の巡りをよくしておるのか。ならば、わしもそなたを見習って稽古をしてみるか」

　それを聞いて菫子がうれしそうにする。

「やってみるだけの値打ちはございましょう。血の巡りがよくなれば、長生きもできるはずでございます」

「長生きか……」

　よい響きだ、と土岐之助は思った。

「いや――」

　すぐに土岐之助はかぶりを振ってみせた。

「冬のあいだは、稽古はやめておこう。やはり暖かくなってからがよい」

土岐之助を凝視して菫子が苦笑する。

「あなたさまらしいお言葉ですこと。あなたさまは結局、稽古はおやりにならぬのでございましょうな」

「済まぬな、菫子。わしはだらしないゆえ」

いいえ、と菫子が首を横に振った。

「人というのは、だらしないくらいがちょうどよいのです。そのような人のほうが、大仕事をしてのけるものと、古《いにしえ》より決まっております」

意外な言葉を聞いた、と土岐之助は思った。

「菫子、わしが大仕事を成し遂げるというのか……」

「ええ、あなたさまならきっとそうなりましょう」

確信の籠もった顔で菫子がうなずいた。わしはしがない与力に過ぎぬが、と土岐之助は思った。

——菫子にいわれると、まことその気になるから不思議なものよ……。

菫子の手を借りて着替えを終えた土岐之助は、まず厠に行って用足しをした。顔を洗い、房楊枝《ふさようじ》で歯を磨く。いったん寝所に戻り、両刀を刀架《とうか》から取って腰に帯びた。廊下を歩いて居間に入る。

居間には火鉢《ひばち》が置いてあり、赤々とした炭が勢いよく弾けていた。文机には大ぶりの湯飲みがのせてあり、ほかほかと湯気が立ち上っていた。

――こいつはありがたいな。

文机の前に座し、土岐之助はすぐさま茶を喫《きっ》した。苦さと甘みが相まって、体に染み渡っていくようだ。茶には薬効《やっこう》があるそうだが、それもわかるような気がした。とにかく体が温まるし、気持ちが落ち着くのだ。

「ああ、うまいな……」

茶をゆっくりと飲み干した土岐之助は、目を閉じた。

――わしは幸せ者よ。

「殿さま――」

腰元の喜代実が廊下をやってきて、腰高障子越しに土岐之助を呼んだ。

「朝餉の支度ができましてございます」

「ああ、わかった」

すっくと立ち上がった土岐之助は腰高障子を開けた。廊下に出ると、寒気が体を締めつけた。

土岐之助は喜代実のあとを足早に歩いて、台所横の部屋に入った。こちらにも火鉢が置かれていて、吐息が漏れるほどに部屋は暖まっていた。

そこには二つの膳が置かれており、その脇に櫃《ひつ》と味噌汁の鍋があった。土岐之助は膳の前ではなく、櫃の横に座った。

すぐに菫子がやってきて、膳の前に座した。それを見た土岐之助は櫃の蓋を取り、しゃもじを手にした。

「うむ、うまく炊けておるな。さすがに菫子は飯炊き名人だ」

土岐之助は菫子の茶碗に飯をよそい、膳の上にのせた。

「いえ、私ではなく、喜代実の研ぎ方が上手なのですよ」

「つまりは、二人が力を合わせることでうまい飯が炊けるということだな」

いいながら、土岐之助は自分の茶碗に飯を盛り、膳の上に置いた。二人分の味噌汁を椀によそう。

味噌汁の具は、豆腐とわかめである。これは、土岐之助が最もおいしいと思っている組み合わせだ。

朝餉や夕餉の支度は菫子の役目だが、給仕をするのは土岐之助である。これは、二人が一緒になった当初から決まっていることだ。菫子と一緒になって以来、二十数年ずっと同じことをしてきているが、土岐之助には苦でもなんでもない。

実は、これにはわけがあった。飯を茶碗に盛ったり味噌汁を椀によそったりするとき、菫子は飯や味噌汁を膳や畳に必ずこぼすのである。一度たりとも例外はなかった。

薙刀の達人だというのに、なにゆえこのような仕儀《しぎ》になるのか土岐之助にはさっぱりわからないが、菫子のために給仕してやるのは楽しくてならない。土岐之助にとって、生き甲斐の一つといってよい。

「あなたさま、今日は御番所に出仕されたのち、井倉下野守《いくらしもつけのかみ》さまのお屋敷を訪ねることになっていらっしゃいましたね」

朝餉を終え、新たな茶を喫していると、菫子が土岐之助にきいてきた。朝餉の終わりに一日の予定を菫子がきいてくるのは、毎朝の日課になっている。

「その通りだ」

空の湯飲みを膳に置いて、土岐之助はうなずいた。

「井倉さまの御用人を勤めている村上《むらかみ》どのから、来ていただきたいと、頼まれておるのでな。井倉さまは、わしが頼み付けとなっている御大名だ。断るわけにいかぬ」

井倉下野守孝祐《たかすけ》は上総《かずさ》佐山《さやま》六万石の城主である。

若年寄《わかどしより》の要職を務めるだけあって、井倉家は内証《ないしょう》がひじょうに裕福で、荒俣家への盆暮れに豪華な物が届くのが慣例となっている。

「村上さまは、どのような御用なのか、おっしゃっているのですか」

まじめな顔で菫子がきいてきた。

「いや、なにもいっておらぬ。ゆえに、どのようなことでお呼びになったのか、わしにもよくわからぬのだ」

「さようでございますか。ですが、あなたさまには、推量がついておられるのではありませぬか」

「ついておる。おそらくは、人頭税《じんとうぜい》のことであろう」

菫子を見て土岐之助は答えた。それを聞いて菫子が眉を曇らせる。

「人頭税の施行《しこう》は来夏でしたね」

そうだ、と土岐之助はうなずいた。

「そのことで、井倉下野守さまは、頭を悩ましておられるのだ……」

「あなたさま、なんとか人頭税を廃することはできぬのでしょうか」

董子の表情は切実である。

「あなたさまは、江戸の町人たちを守るのがお役目。町人たちを苦しめることになる人頭税など、取りやめに追い込まなければなりませぬ」

うむ、と土岐之助は顎を引いた。

「よくわかっておる。わしもなんとか廃したいと考えておる。むろん、井倉下野守さまも同じ考えだ」

「あなたさま、是非ともがんばってくださいましね。必ず取りやめに追い込みましょう。大業《たいぎょう》を成し遂げるはずのあなたさまなら、必ずお出来になるはずでございます」

「承知した。なんとかしてみせようぞ」

力強く土岐之助は答えた。

その後、出仕《しゅっし》の支度を終え、小者《こもの》の住吉を連れて土岐之助は屋敷をあとにした。

「寒いな、住吉」

「はい、今朝は特に寒いですね」

住吉は小袖を着て脇差を腰に差し、尻端折《しりはしょ》りという恰好をしている。

寒さも感じません」

「しかし荒俣さま、これも慣れでございまして。これが当たり前ならば、さして寒さも感じません」

ほとんど夏と変わらない恰好なのだ。

「その形《なり》では寒かろう」

菫子といい、この住吉といい、寒がりの土岐之助には考えがたい者たちである。

「住吉が寒くないというなら、それでよいのだが……。さて、まいるか」

与力は町奉行所には四つまでに出仕すればよいことになっているが、五つ前に来ている配下の同心たちにそれでは示しがつかないと考えた土岐之助は、常に五つ過ぎに町奉行所に着くように屋敷を出ている。

土岐之助は徒歩《かち》である。二百石取りの武家なので騎乗は認められているが、今の町奉行所勤めの与力で馬を飼っている者は一人もいない。馬を飼うのは費《つい》えがかかり過ぎるからだ。

昔の与力は馬で町奉行所へ出仕したものらしいが、今は徒歩で行くのが当たり前のことになっている。

——おや。

あと三町ほどで南町奉行所というところまでやってきたとき、土岐之助はなにか妙な感覚を抱いた。

——なんだ、これは。

まるで誰かにじっと見られているかのように、気持ちが落ち着かない。

歩きつつ土岐之助はあたりを見回した。道を行き来する者は少なくないが、こちらをじっと見ているような人物はどこにも見当たらない。

徐々に、町奉行所の大門が近づいてくる。いつしか、眼差しらしいものは感じなくなっていた。

しかし、大門をくぐる前に足を止め、土岐之助は改めて背後を見やった。

——ふむ、やはり誰もおらぬか。

ただ、先ほど感じた目が、勘ちがいだったとはとても思えない。なにかじっとりと粘るような眼差しだった。

——わしは、何者かにまちがいなく見られていた……。

土岐之助には確信がある。いったい誰が、と土岐之助は思案を巡らせた。しかしながら、思い浮かぶ者など一人もなかった。

わしも番所の与力である以上、と土岐之助は思った。

——捕物《とりもの》にも出る。それゆえ、何者かのうらみを買うことはあるかもしれぬが、心当たりなど一つもない。

足を止めた住吉が、どうかされたのですか、といいたげな顔で土岐之助を見ていた。

「ああ、済まぬ。なんでもない。住吉、まいろう」

住吉とともに、土岐之助は大門をくぐった。敷石を踏んで町奉行所の玄関に入り、廊下を歩いて詰所《つめしょ》に赴《おもむ》く。

露払いのように前を行く住吉が、詰所の腰高障子を開けた。

済まぬな、といって敷居を越え、土岐之助は刀架に刀を置き、文机の前に座した。火鉢が入っているわけではないから、詰所の中は寒気が居座っていた。

「寒いな」

「いま火鉢に火を入れます」

「頼む」

土岐之助は寒がりだが、これまでは、詰所で火鉢を使うことはあまりなかった。暖かいと、つい眠たくなる。だが、年のせいか、火鉢がないとつらくなってきていた。

この十畳間に、ほかに人はいない。土岐之助だけの詰所である。

土岐之助のために火鉢に火を入れ、茶も淹《い》れた住吉が廊下に出ていった。土岐之助を訪ねてきた者の取り次ぎが、これからの住吉の主な仕事である。

――外は寒かろうに、まったく住吉はよくやってくれる。

土岐之助には感謝しかない。住吉が淹れてくれた茶を喫しつつ、土岐之助は文机の上に書類の束を出し、次々に目を通していった。

書類仕事に没頭しているうちに、鐘の音《ね》が聞こえてきた。顔を上げ、土岐之助は耳を澄ませた。鐘の数を数える。

「もう四つか……」

目の前の書類をぱたりと閉じ、土岐之助は立ち上がった。

――御奉行は、もう御出仕されておろうな。

腰高障子をからりと開け、土岐之助はそこに座している住吉に告げた。

「御奉行にお目にかかってまいる」

「行ってらっしゃいませ」

廊下に手をついて住吉がいった。

「わしが戻ってくるまで、住吉、中で火鉢の番をしておれ」

詰所の中は、火鉢のおかげでだいぶ暖かくなっている。土岐之助がいないあいだ、住吉も暖まっていられるだろう。

「はい、承知いたしました」

目を輝かせて住吉が答えた。

「では住吉、火の元を頼んだぞ」

住吉に重々しくうなずきかけてから、土岐之助は歩きはじめた。

廊下を進み、南町奉行の曲田《まがつた》伊予守《いよのかみ》隆久《たかひさ》の御用部屋へと向かう。

御用部屋の前に、内与力《うちよりき》の大沢《おおさわ》六兵衛《ろくべえ》が座していた。

内与力は町奉行所に仕える者ではなく、もともと旗本の町奉行の家臣が与力に任命されている。南町奉行所に二十五人いる与力のうち、二人が内与力である。

おはようございます、と土岐之助は六兵衛に挨拶した。

「これは荒俣どの。おはようございます」

両手を廊下につき、六兵衛が挨拶を返してきた。

「大沢どの、御奉行にお目にかかりたいのですが……」

「はっ、承知いたしました」

土岐之助を見て六兵衛がにこやかに笑った。

厚みを感じさせる襖《ふすま》に向かって、六兵衛が声を発した。

「御奉行」

「荒俣どのがいらっしゃいました」

すぐに南町奉行の曲田伊予守隆久の声が聞こえた。

「入ってもらえ」

はきはきといって、座したまま六兵衛が両手を引手に当て、静かに襖を開けた。

「はっ」

敷居際で平伏し、土岐之助は曲田にも挨拶した。

「御奉行、おはようございます」

鷹揚《おうよう》な口調でいって、文机の前に座している曲田が土岐之助を手招いた。

「おはよう、荒俣。さあ、入るがよい」

立ち上がることなく、土岐之助は膝行《しっこう》して曲田のそばに寄った。背後で襖がゆっくりと閉められる。

「では、失礼いたします」

広々とした御用部屋には大火鉢《おおひばち》が入れられ、ずいぶんと暖かだった。

「荒俣、してなに用だ」

すぐさま曲田がきいてきた。はっ、と土岐之助はかしこまった。

「それがしは、今日これから井倉さまの御用人、村上孫之丞《まごのじょう》どのにお目にかかってまいります」

「そなた、村上に呼ばれたのか」

「おっしゃる通りでございます」

「そうか、呼ばれたのは、人頭税のことであろう」

「それがしもそうではないかと勘考《かんこう》しております」

「人頭税か……」

つぶやくようにいって曲田が、ふむう、とうなる。

「来夏、愚かな法が施行されるかもしれぬのだな。なんとしても、そのような愚策は止めなければならぬ」

強い口調で曲田が断じた。

「おっしゃる通りにございます」

同意してみせた土岐之助は顔を上げ、曲田を控えめに見た。

「御奉行、いま御公儀の中では、人頭税について、どのような成り行きになっているのでございましょう」

うむ、と曲田が点頭した。

「御老中や若年寄などが互いに譲らず、毎日、声高《こわだか》に論じ合っておる。来夏に施行されるかどうか、今のところ、五分五分といった感じである」

「五分五分でございますか」

「江戸の町人たちのことを考えれば、施行されぬほうがよいのは、わかりきったことだ」

「はっ、人頭税など、悪法そのものといってよいと存じます」

むう、と曲田がまたうなり声を発した。

「荒俣、余は朝山越前守《あさやまえちぜんのかみ》が憎くてならぬ」

ぎりぎりと奥歯を嚙み締めるような顔つきで、曲田がいった。その口調の激しさに、土岐之助は驚いた。

「あの者が人頭税をいい出さなければ、このような仕儀にはならなかった」

朝山越前守とは諱《いみな》を幸貞《ゆきさだ》といい、前の南町奉行である。就任して三ヶ月で町奉行の職を退いたが、悪法の種だけを残していったのだ。

唇をぎゅっと嚙んで曲田が言葉を続ける。

「なにしろ、朝山越前守は公儀の要人にごまをするために、人頭税の施行を持ち出したのだからな」

腹立たしげにいった曲田が土岐之助を見つめてきた。すぐに口を開く。

「そなたは人頭税に強く反対したせいで、朝山越前守から出仕差控という処分を受けたのであったな」

はっ、と土岐之助は低頭した。

「御奉行が、その処分を取り下げてくださいました。御奉行のおかげで、それがしはこうして出仕できております」

「そなたのような有用な士を、いつまでも出仕差控にしておくのは、あまりにもったいないゆえな。そのような馬鹿げた処分は、とっとと解いたほうがよい」

「ありがたきお言葉に存じます」

両手をそろえて土岐之助はこうべを垂れた。

「荒俣、井倉家にはいつまいることになっておるのだ」

「九つに来るように、村上どのにはいわれております」

「昼か」

土岐之助を見て、曲田がうなずいた。

「村上とどのような話し合いが行われたか、荒俣、戻ったら余に教えてくれぬか」

「はっ、もちろんでございます」

深く頭を下げて土岐之助は答えた。

「よし、では荒俣、行ってまいれ」

はっ、と土岐之助は平伏した。

「御奉行、これにて失礼いたします」

土岐之助は曲田の前を辞した。

二

詰所に戻ると、外の廊下に住吉が黙然《もくぜん》と座っていた。

その姿を目の当たりにした土岐之助は、心から驚いた。

「住吉、いったいなにをしておるのだ。中で、火の番をしているようにいったではないか。ここでは、あまりに寒かろう」

しかし、平然とした顔で住吉が土岐之助を見上げてきた。

「実を申し上げますと、一度は中に入っていたのです。しかし、もうじき荒俣さまがお戻りになるのではないかと思い、手前は外に出て待っておったのです。中にいてぬくぬくとしていたのでは、あまりに申し訳ないと思いまして……」

「いや、そこまで気を回さずともよかったのだ。住吉、まことに中で待っていてもよかったのだぞ」

「いえ、小者の身でそのような真似はできません。それに荒俣さま、手前は寒さに強くできておりますので、ここでも大丈夫です」

きっぱりといって住吉が、どうぞ、というように腰高障子を開けた。

「済まぬ」

礼を口にして、土岐之助は詰所に入った。間髪《かんはつ》を容《い》れずに腰高障子が閉まる。

火鉢のおかげで、中はとても暖かい。さすがにほっとする。

——しかし今から他出《たしゅつ》するのだからな……。

詰所に用意してある袴を身につけた土岐之助は、やおらかがみ込むや、火鉢の炭をうずめた。こうしておけば、火事になるようなことはまずない。

——よし。

すっくと立ち、土岐之助は刀架の刀を腰に帯びた。腰高障子を開け、廊下に出て住吉に声をかける。

「出かけるぞ。住吉、供をせい」

「はっ、承知いたしました」

廊下を歩き出した土岐之助の後ろに、住吉がついた。

「荒俣さま、どちらに行かれるのでございますか」

控えめな声で住吉がきいてきた。

「井倉さまの上屋敷だ」

「馬で行かれますか」

馬か、と土岐之助は考えた。町奉行所には、奉行が千代田城《ちよだじよう》に登城《とじよう》するため、そして与力が捕物に出るときのために、厩《うまや》で十頭ばかりの馬が飼われている。

その馬を使ってもよいが、と土岐之助は思った。

――井倉さまの上屋敷は、神田橋門《かんだばしもん》のすぐそばだからな……。

南町奉行所から大した距離があるわけではなく、歩いても四半刻《しはんとき》もかからずに着くはずである。

「いや、徒歩で行こう」

「承知いたしました」

「それに住吉、番所の厩は、ここからちと遠いな」

馬を主に使うのが町奉行のため、厩は町奉行の住居のほうにあるのだ。裏門にほど近いところに設けられている。

「ああ、さようでございますね」

納得したように住吉が相槌《あいづち》を打った。

住吉を連れ、土岐之助は町奉行所の建物を出た。今朝は、菫子によれば風花が舞うほど冷え込んだが、昼前になって太陽が高く昇り、寒気が緩んでだいぶ過ごしやすくなってきている。

――さすがに太陽の力は並外れておるな。まさしく天の恵みとしかいいようがない……。

南町奉行所の大門を出るやいなや、北風が音を立てて吹きつけてきたが、土岐之助は朝方ほどの冷たさは感じなかった。

しかし、大勢の人が行きかう道に出た途端、土岐之助はまたしてもどうにも落ち着かない気分を味わった。

――これは……。

再び何者かの眼差しを感じたのである。足を止めることなく、土岐之助はあたりを見回した。

――誰か、わしを見ておる者はおらぬか。

だが、土岐之助の視界に、それらしい者は入ってこない。

――いったい誰が、わしのような凡庸《ぼんよう》な男を注視しておるのか。

これまで一度たりともこんな眼差しを経験したことがないだけに、土岐之助には戸惑いしかない。

――同じ日に二度も粘るような眼差しを感ずるとは、まさかわしのことを張っているわけではあるまいな。

だが、どう考えても見張られているとしか、土岐之助には思えなかった。

――いったい何者だ。出てこい。

土岐之助は叫び出したい衝動に駆られた。だが、そんなことをしたところでなんの意味もないのは、はっきりしている。何者かが返事をして姿をあらわすはずがないのだ。土岐之助は腹に力を込めて自制した。

「荒俣さま、どうかなされましたか」

先導する住吉が振り向き、土岐之助にきいてきた。土岐之助の様子に、前を歩きつつもなにか異状を感じたようだ。

「実は、何者かがわしを見ておるのだ」

土岐之助は小声で住吉に伝えた。今は住吉しか自分を警護する者はいない。誰かに見られているらしいことを、住吉に知っておいてもらったほうがよいのは明らかであろう。

「えっ、さようですか」

土岐之助の言葉を聞いて、住吉が眉根にしわを寄せた。

「どこから見ておるのか、わしにはさっぱりわからぬ。住吉はどうだ」

足を進めながら、住吉がこうべを巡らせる。しばらくきょろきょろしていたが、やがて力なくかぶりを振った。

「まことに申し訳ないのですが、荒俣さま、手前にはわかりません」

そうか、と土岐之助はいった。住吉自身、少し剣の心得があるのは知っているが、別に遣い手というほどの者ではないのだ。見つけられないのも仕方ないことだった。

「住吉、謝ることはないぞ」

気にはなったものの、足を止めることなくそのまま歩き続けていると、やがて井倉下野守の上屋敷が間近に迫ってきた。何者かの目は、相変わらず土岐之助にまとわりつくように浴びせられている。

――くそう、まだ張りついておるのか……。

後ろから粘るような眼差しが注がれている。土岐之助は背後をさっと振り向いた。

半町《はんちょう》ばかり後ろを、頭巾《ずきん》をかぶった武家らしい者が一人、歩いていた。だが土岐之助が振り返るのとほぼ同時に、その侍は道をさっと左に折れていった。

――怪しい動きだな。あの頭巾の侍が、眼差しの主《ぬし》だったのではなかろうか……。

頭巾の侍が見えなくなったと同時に、眼差しが消えたような気がするのも、そのことを裏づけている。

――あの侍がわしを張っていたのだろうか。

いったい何者だ、と土岐之助は考えた。しかし、心当たりはない。心中で首をかしげるしかなかった。

――あの頭巾の侍は浪人なのだろうか。供を一人も連れておらなんだが……。

刀を二本、差しているかどうか、距離がありすぎて土岐之助にはわからなかった。

浪人は侍ではあるものの、正式な武家とは認められておらず、禄を食《は》む侍と区別するために、一本差にするように公儀が定めているのである。

――主家《しゅか》を持つ侍であろうと浪人であろうと、あの頭巾の者が何者なのか知ることが肝心なのだが……。

そんなことを土岐之助が思っていると、ふと、前を行く住吉が足を止めた。はっ、として土岐之助も立ち止まった。

「荒俣さま、到着いたしました」

住吉にいわれ、土岐之助は面を上げて眼前の屋敷に目を当てた。

紛《まぎ》れもなく、上総佐山六万石を領する井倉家の上屋敷である。これまで何度も訪れているから、まちがいようがない。

立派な長屋門は、がっちりと閉じられている。武者窓の向こうに、二つの人影が見えている。二人とも門衛であろう。

井倉屋敷の左右に目を配り、一人として土岐之助に近づいてこないことを確かめてから、住吉が前に進み出た。武者窓の内側にいる門衛に向かって、土岐之助の名と身分を告げる。

「ああ、荒俣さまでございますか。お待ちしておりました」

右側の門衛が了解の声を上げた。すぐに、長屋門のくぐり戸が開けられる。

「どうぞ、お入りください」

丁寧な口調で、顔をのぞかせた門衛が土岐之助をいざなった。

「かたじけない。——住吉、おぬしはここで待っておれ」

邸内に入る前に、土岐之助は住吉に命じた。先ほどの粘《ねば》ついた目のことがあるから住吉を外に置いておくのは忍びなかったが、小者は、門の外で主人を待つのが慣例になっている。屋敷内には入れられないのである。

「承知いたしました」

飼い慣らされた犬のような顔で、住吉が答えた。

「では、行ってまいる」

住吉に告げて、土岐之助はくぐり戸に身を沈めた。先導する門衛の後ろを、敷石を踏んで歩く。土岐之助の目に、主殿《しゅでん》の唐破風《からはふ》屋根の玄関がすでに見えている。

主殿の脇玄関の前まで来て、門衛が奥に向かって声を放った。

「南町の御番所より、荒俣土岐之助さまがいらっしゃいました」

その声に応じて、脇玄関から一人の侍が出てきた。用人の村上孫之丞である。

土岐之助をじっと見て、孫之丞が足早に近づいてきた。

「荒俣どの、よくいらして下さった」

ほっと安堵したような声を孫之丞が上げた。

「村上どののお呼びとあらば、それがしはどちらへでもまいりますよ」

追従などではなく、土岐之助は本音を吐露《とろ》した。

「ありがたきお言葉」

土岐之助を見つめて孫之丞が破顔《はがん》する。

「では荒俣どの、どうぞ、こちらへ」

孫之丞にいわれ、土岐之助は脇玄関から主殿に上がった。

「荒俣どの、一応、お腰の物を預からせていただくが、よろしいか」

「もちろんですよ」

快活な口調で土岐之助は答えた。孫之丞が刀番《かたなばん》とおぼしき侍を呼んだ。土岐之助はその侍に両刀を預けた。

「荒俣どの、こちらにいらしてください」

孫之丞に案内されて、土岐之助は廊下を歩いた。廊下は薄暗く、寒気がじっと滞《とどこお》っていた。

あまりに寒くてぶるりと震えが出そうだったが、土岐之助はなんとか我慢した。

廊下を五間ばかり進んだところで、孫之丞が足を止めた。雪をかぶった松の老木が描かれた襖の前である。

ここが井倉家の上屋敷の客間の一つであることを、土岐之助はよく知っている。

「どうぞ、お入りください」

こうべを垂れて孫之丞が襖を開ける。一礼して土岐之助は客間に入った。

「どうぞ、そちらに」

小腰をかがめて孫之丞が上座《かみざ》を指し示す。

「いえ、それがしはこちらでけっこうです」

土岐之助は下座《しもざ》に座ろうとしたが、孫之丞がそれを許さなかった。

「荒俣どのはお客人で、しかも御直参《ごじきさん》ではありませぬか。それがしは、ただの陪《ばい》臣《しん》に過ぎませぬ。陪臣が御直参の下座に座るのは、当然のことでございましょう」

そこまでいわれては、拒むことなどできない。考えてみれば、井倉家の上屋敷に来て孫之丞に会うたびに上座に座らされていた。

では失礼して、といって土岐之助は上座に端座した。

向かいに座した孫之丞が土岐之助を見て、うれしそうに笑った。

「荒俣どの、よくいらしてくださった」

そのときちょうど九つの鐘が鳴った。

「刻限も、まるで計ったかのようにぴったりでござる」

孫之丞を控えめに見返して、土岐之助も微笑を漏らした。

「それがしは、約束の刻限に遅れぬよう常に心がけております。今日も無事に約束の刻限を守ることができ、ほっとしております」

「約束の刻限を守るのは、人として当然のことですが、それができぬ者もまた少なくありませぬ。約束を破ってしらっとしている者は、それがしは信用できませぬ。ですので、いつも約束の刻限を守ってくださる荒俣どのを、それがしは心より信用しておりもうすよ」

「それは、まことにありがたいお言葉です」

笑みをこぼしつつ土岐之助は頭を下げた。

「それで荒俣どの、早速ですが」

表情を引き締め、孫之丞が真顔になった。本題に入ることがわかり、土岐之助は背筋を伸ばした。

「実は昨日の早朝、このような文《ふみ》がこの屋敷に投げ込まれたのでござる」

懐に手を入れた孫之丞が、封筒とおぼしき物を取り出した。

「荒俣どの、ご覧になってくだされ」

孫之丞から手渡された封筒に、土岐之助は目を落とした。そこには、井倉下野守、と様付けもされずに宛名が記されていた。

――ずいぶん無礼な文よな……。

封筒をひっくり返し、裏を見る。この文を井倉屋敷に投げ入れた者の名は記載されていなかった。

――名は秘してあるようだな。きっとろくな文ではなかろうな……。

そんな思いを胸に抱きつつ、土岐之助は封筒の中をのぞき込んだ。文らしい紙が一通、入っているのが見えた。

「では、失礼して」

慎重に封筒に指を入れ、土岐之助は文をつまみ出した。折りたたまれた文をそっと開き、読みはじめる。

文には激烈な調子で、次のようなことが書かれていた。

井倉下野守などという若輩者《じゃくはいもの》が人頭税に反対するなど、言語道断。反対を速《すみ》やかに取りやめ、来夏、人頭税を確実に実行せよ。

次に続いた文面を目の当たりにして、土岐之助は顔をしかめた。

そこには、さもなくば井倉下野守を必ずや亡き者にする、と記されていたのだ。

「これはまた……」

文を読み終えて土岐之助は、口をつぐんだ。

——いったい誰が、このような文を書いたのか……。

文から顔を上げ、土岐之助はそのことを孫之丞にただした。

困ったように孫之丞がかぶりを振る。

「我らもいったい何者がこのような文を投げ込んだのか、膝を突き合わせて心当たりを論じ合ったのでござるが、思い当たる者は一人もござらなんだ……」

「さようですか」

土岐之助は、力のない相槌を打つしかなかった。

喉仏を上下させて孫之丞が続ける。

「一見、人頭税をなんとしても施行しようとしている御公儀内のお方の仕業《しわざ》ではないかとも思えます。しかしながら、そういう方々が我が殿の命を取ることまでするかというと、さすがにそうは思えぬのです」

「おっしゃる通りです」

すぐさま土岐之助は同意を示した。

「確かに、人頭税を来夏に施行するかどうか、命を取るほどのことではありませぬ。この文の主にとっては、かけがえのない大事なことのようですが……」

「ですので、我らには何者の仕業なのか、さっぱりわからぬのでござる」

いったい誰がこのような文を書き、この屋敷に投げ込んだのか。土岐之助も知りたくてならない。

本当に心当たりがないのか、土岐之助は孫之丞にきいてみようと思ったが、井倉家の家中の者が必死に考えて、浮かんでこなかったというのだから、まことに思い当たることはないのだろう。

「村上どのがそれがしを呼ばれたのは、この文を見せるためですか」

新たな問いを土岐之助は孫之丞にぶつけた。

「いえ、そうではありませぬ」

首を横に振って孫之丞が否定する。

「それがしが荒俣どのをお呼びしたのは、我が主家にうらみやつらみを持つ者がおらぬか、調べていただきたいからでござる。我らがいかにうんうんとうなって心当たりを探っても、結局のところ、なにも浮かびませなんだ。やはり、その道をもっぱらにしているお方に頼み、じっくりと調べてもらうほうが、よいのではないかという意見に、我らはまとまりまして……」

そういうことだったか、と土岐之助は納得した。

「お話はよくわかりました」

土岐之助は深くうなずいた。

「つまり、井倉さまに仇《あだ》なす者がおらぬか、我らが外から調べればよろしいのですね」

「そういうことでござる」

満足そうに孫之丞がうなずいた。

「できれば、捕縛していただきたい。それがしも我が殿も不届き者の顔を見たくてならぬのでござる」

「承知いたしました」

「御公儀内の政《まつりごと》について、どなたとどなたが対立しているのか、それはこちらできっちりと調べますゆえ、ご安心を」

強い決意を感じさせる顔で孫之丞がいった。

「承知いたしました」

土岐之助は孫之丞に向かって頭を下げた。

「ところで村上どの、最後に一つおききしたいのですが」

「はい、なんでござろう」

真剣な眼差しを、孫之丞が土岐之助に向けてきた。

「この文の筆跡なのですが、見覚えはありませぬか」

「それが、残念ながらないのでござる」

土岐之助をまっすぐに見て、孫之丞が即答した。どうやら筆跡について、孫之丞たちは繰り返し吟味したようだ。その上で、見覚えがないと否定してみせたのだろう。

「わかりました。村上どの、ほかにそれがしにお申しつけになりたいことは、ありますか」

「そのような脅しの文が届いたところで、人頭税は庶民のためにならぬという我が殿のお気持ちには一切、変わりはないゆえ、どうか、ご安心してくだされ」

「それはうれしいお言葉です」

「荒俣どの、これですべてお伝えしました」

さようですか、と土岐之助はいった。

「では、それがしは、これにて失礼させていただきます」

「つまらぬことでお呼び立てしてしまい、まことに申し訳ありませぬ」

済まなそうにいって、孫之丞が深々と低頭してきた。

「いえ、つまらぬことではありませぬ」

土岐之助は凛《りん》とした声を発した。

「主家に仕える御用人にとって、主君の命を狙うなどという文は、まこと、一大事でございましょう。それがしは誠心誠意、ことに当たらせていただきます」

おのれの決意をみなぎらせて土岐之助はいった。井倉家の頼み付けの身としても、この文は看過《かんか》できることではない。

「では、それがしはこれからいったん番所に戻ります」

それまでずっと手にしていた文を封筒に入れ、土岐之助は孫之丞に返した。封筒を手にした孫之丞がそれを懐にしまい入れる。

「荒俣どの、ご足労いただき、まことにかたじけなかった。荒俣どのに投げ文のことを話すことができ、それがし、胸のつかえが下りた気分でござる」

それを聞いて土岐之助はにこりとした。

「それだけでも、それがしがこちらにお邪魔した甲斐があったというものです」

朗らかな口調で土岐之助はいい、すっくと立ち上がった。いち早く立った孫之丞が、土岐之助に近づく。

「荒俣どの、これを」

孫之丞が土岐之助の袂《たもと》に素早くおひねりを入れた。

「いつもいつもまことにかたじけない」

恐縮して土岐之助は辞儀をした。

「いえ、御番所の与力を務めるお方に、わざわざご足労いただいたのですから、このくらい、当然のことにござる」

こともなげにいって、孫之丞がにこやかに笑った。手を伸ばし、襖を開ける。

「かたじけない」

これにも礼をいって、土岐之助は相変わらず暗くて寒い廊下に出た。先に歩き出した孫之丞の背中を追うようにして、玄関へと向かう。

玄関まで来たところで、刀番から両刀を返してもらい、土岐之助は脇玄関の式台に下りた。三和土《たたき》で雪駄《せった》を履き、主殿の外に出た。

――外のほうが、日がある分、暖かいな。

体が少し伸びやかになるのを感じながら、門を目指して土岐之助は歩き出した。一緒に孫之丞がついてきた。

土岐之助の姿を見た門衛が、長屋門のくぐり戸を開けてくれた。門衛に会釈《えしゃく》をしてくぐり戸を抜け、土岐之助は道に出た。孫之丞も外に出てきた。

首を左右に動かして、土岐之助は住吉の姿を捜した。先ほどの粘ついた目のことがある。土岐之助は住吉のことが少し心配だった。

長屋門の端のほうにいたらしい住吉が、うれしげに土岐之助に近寄ってきた。

土岐之助は、そんな住吉がかわいくてならない。

「では村上どの、これにて失礼いたします」

孫之丞に向き直り、土岐之助は別れの挨拶を口にした。

「お忙しい中おいでくださり、まことにありがとうございました」

土岐之助に向かって、孫之丞が深々と腰を折った。

「いえ、なんでもないことですよ。先ほども申し上げましたが、誠心誠意、ことに当たらせていただきます」

「どうか、よしなにお願いいたします」

また孫之丞が深く頭を下げてきた。こうべを下げ返した土岐之助は袴《はかま》の裾を翻して、道を歩きはじめた。

すぐさま住吉が背後につき、きいてきた。

「御番所に戻られますか」

「そうだ。番所に戻る」

井倉屋敷をあとにした土岐之助は、あたりに注意深い目を投げながら歩を進めた。

三

松の老木の陰に身を寄せていた朝山越前守幸貞は、おっ、と声を漏らした。

荒俣土岐之助が井倉家の上屋敷の長屋門を出てきたのが見えたのだ。距離は半町以上あるが、土岐之助は幸貞の配下だった男である。見まちがうはずがなかった。

——あやつめ。

頭巾の中の目を怒らせ、幸貞はこちらに歩いてくる土岐之助を憎々しげににらみつけた。

——案の定、井倉下野守とつるんでおったか。人頭税を廃させるための談合をしておったのであろう。

許せぬ、と幸貞はぎりぎりと歯嚙みして思った。

——町奉行を務めておったわしが知恵を振り絞り、考えついた人頭税を取りやめに追い込もうとは……。

やはり井倉下野守と土岐之助は殺すしかない、と幸貞は思った。

——まずは土岐之助を血祭りに上げてやる。

人頭税は公儀の屋台骨《やたいぼね》を立て直すために、なんとしても必要な施策である。人頭税の施行の邪魔をする者は、すべてあの世に送ってやるのだ。

いま土岐之助の供は小者が一人だけである。絶好の機会といってよい。

——天が、今こそあやつを斬り殺せと命じておるのであろう。

「よし、やるぞ」

口中《こうちゅう》でつぶやいた幸貞は頭巾をかぶり直して、松の老木の陰を、足音を立てることなく出た。こちらに足早に近づいてくる土岐之助に、ゆっくりと近寄っていく。

二間ほどまで土岐之助に迫ったところで刀の鯉口《こいぐち》を切ろうとして、幸貞はやめた。

——まずい。

幸貞を見つめて、土岐之助と供の小者はあからさまに警戒していた。土岐之助はいつでも刀を引き抜けるように、身構えているようにすら見えた。

——なにゆえ、こやつらはこれほどまでに用心しておるのだ。

幸貞には、わけがわからない。しかし、今もし幸貞が斬りかかったら、土岐之助はすぐに応戦してこよう。

土岐之助が剣の遣い手であるとの噂は聞いたことはないが、さすがに用心している相手に正面きって斬りかかったところで、よい結果を得られるとは思えない。

——今は駄目だ。やり過ごすしかない。

害意《がいい》などまるでないような態度を取り、頭巾の中でなに食わぬ顔をつくって、幸貞は土岐之助の横を通り過ぎた。

なにも起きなかったことで、土岐之助が体から力を抜き、明らかにほっとしたのが、気配から知れた。

――臆病者めが。

ふん、と頭巾の中で鼻を鳴らし、幸貞は心中で土岐之助を罵《ののし》った。

背後で土岐之助が振り返り、こちらをじっと見ている。そのことを土岐之助の眼差しの強さから、幸貞は知った。

――後ろから斬りかかられぬかと、気が気でないのであろう。

しかし、なにゆえ土岐之助は幸貞を見てそれほどまでに用心したのか。そのことが幸貞は不思議でならない。

――そういえば、井倉屋敷に入る前、土岐之助は何度かきょろきょろと回りを見ておったが、あれはわしの眼差しに気づいておったということか……。

そうとしか考えられない。

――眼差しを感じ取れる力があるのはまちがいないが、土岐之助という男は、意外な遣い手ということなのか……。

そんなことは決してあるまい、とずんずんと歩きつつ幸貞は決めつけた。

――遣い手という噂があれば、必ずわしの耳に入っていたはずよ。

だが、そんな噂はこれっぽっちも聞いたことがない。

――ゆえに土岐之助は遣い手ではない。遣い手であるはずがない。

なおも歩を進めながら、幸貞はそう結論づけた。土岐之助からかなり離れつつあるが、幸貞には、次は必ず殺《や》れるという確信がしっかりと根づいている。

――土岐之助は、このまま南町奉行所に戻るつもりであろう。おそらく、井倉下野守との談合の首尾《しゅび》を町奉行の曲田に、報告する気でいるはずだ。

この見込みにまちがいはない、と幸貞は思っている。

――先回りして、やつを待ち伏せするという手もある。

それもよいが、と幸貞はすぐに思い直した。待ち伏せしたところで、先ほどすれ違った頭巾の侍が、再び正面から近づいてくれば、土岐之助は不審に思うであろう。

――やはり、背後から斬りかかったほうがよい。

そのほうが、たやすく斬れる。なにしろ、たった一人の供は土岐之助を先導している。土岐之助の背後は、がら空きなのだ。

――この機会を逃がすわけにはいかぬ。

右手に口を開けている狭い路地にいったん入り、幸貞はすぐさま体を返した。

路地の出口のところに立ち、道を遠ざかっていく土岐之助の後ろ姿をうかがう。

すでに土岐之助とは三十間《さんじっけん》以上、離れている。土岐之助は、頭巾の侍がなにもせずに行き過ぎていったことで、気を緩めているように感じられる。

――まったく愚かな男よ。井倉下野守を斬り殺す前に、土岐之助を血祭りに上げるというのは、まことによい考えだな。

頭巾の中でにやりとした幸貞は、路地をすっと出た。今度は、土岐之助を注視することなく歩いた。

尾行していることを気づかれないように、道を行く者たちの陰に巧みに身を隠して、あとをつけていく。

そして、幸貞は徐々に土岐之助との距離を詰めていった。

あと十間まで近づいたが、土岐之助は幸貞の存在に気づかない。

五間まで距離が縮まっても、相変わらず土岐之助の様子に変化はない。

あっという間に二間まで迫ったが、土岐之助は歩調をまったく崩さない。足早に歩きつつ、鼻歌でも歌っているようにすら見えた。

――よし、殺《や》れる。

確信を抱いた幸貞は刀の鯉口を切った。さらに一間の距離まで土岐之助に近寄り、そこで刀を引き抜いた。

いま幸貞は、完全に土岐之助を間合に入れている。抜刀《ばっとう》した幸貞に、土岐之助はまったく気づいていない。

「死ねっ」

心で叫んだつもりだったが、実際には声に出ていた。

――構わぬ。

上段から幸貞は刀を振り下ろした。鋭い刃が、土岐之助の背中を真っ二つに斬り裂くはずだった。

しかし、幸貞の渾身《こんしん》の斬撃《ざんげき》は空《くう》を切った。

「なにっ」

我知らず幸貞の口から声が発せられた。

――なにゆえ。

幸貞には、わけがわからなかった。目の前から土岐之助が消えていた。

いや、そうではない。はっ、として見ると土岐之助は路上に這いつくばっていた。

土岐之助のそばに、供の小者が立っている。ちょうど腰の脇差を抜き、幸貞に向かって正眼《せいがん》に構えたところである。

——この小者が邪魔をしたようだな。

ふてぶてしい顔つきをし、充血した目で幸貞をにらみつけてきている。

——小癪《こしゃく》な。

こやつから血祭りに上げてやる、と幸貞は決意した。刀を振り上げるや、地面を蹴った。どうりゃあ、と気合を発し、小者に躍りかかっていった。

四

前を歩いていた住吉が、なにかを感じたようにいきなり振り返った。

住吉の目が、土岐之助の背後に当てられる。同時に、あっ、と声を上げ、いきなり住吉が土岐之助に向かって突っ込んできた。

よける間もなく、土岐之助は吹っ飛ばされていた。気づくと、地面に這いつくばっていた。脇腹がずきずきと痛み、頭がふらふらしている。

——な、なんだ。いったいなにが起きた。

なにゆえ住吉が突き飛ばしてきたのか、土岐之助にはわけがわからなかった。

ずず、と土を踏んだらしい音が間近で聞こえた。首を馬のように振ってしゃんとし、土岐之助が顔を上げると、目の前に住吉の背中があった。脇差を正眼に構えているのがわかった。

住吉の肩越しに、刀を構えた頭巾の侍が立っているのが見える。

――先ほど、わしの横を通り過ぎていった侍ではないか。

まちがいない。わしが井倉屋敷に入る直前に背後を見たとき、道を左に折れていった侍と、おそらく同一人物であろう。

その侍が、土岐之助が井倉屋敷をあとにして南町奉行所に戻ろうとしたとき正面から近づいてきたから、土岐之助はいつでも刀を引き抜けるように用心したのである。

しかし、そのときはなにごとも起こらず、侍は土岐之助の横を行き過ぎていった。まさかその侍が、今度は背後から近づいてくるとは、ついぞ考えていなかった。そのために、忍び寄ってくる侍の気配に、土岐之助はまったく気づかなかったのである。

――それを住吉は気づいたというのか。

それしか考えられない。だからこそ、前にいた住吉が体当たりをかまし、わしを助けることができたのであろう。

脇差を構える住吉に、どうりゃあ、と咆哮《ほうこう》して頭巾の侍が躍りかかった。

――まずい。

少々剣術をかじったからといって、住吉が遣い手という話は、一度も聞いたことがない。それに対して、頭巾の侍はかなり遣えそうに見える。

「住吉っ」

よろよろと立ち上がった土岐之助は、後ろから声をかけた。

「よけろっ」

だが、住吉の足は動かなかった。

――やられるっ。

土岐之助は目を閉じたかったが、まなこは大きく見開かれたままだ。

住吉の脇差は意外にも、なめらかに振り上げられた。侍の斬撃は、住吉の脇差にまともに当たった。

がきん、と鉄同士がぶつかり合う強烈な音が立ち、火花が散った。住吉と頭巾の侍は鍔《つばぜ》迫り合いになった。

――なんと。

まさか住吉がここまでやるとは、土岐之助は夢にも思っていなかった。

しかし、鍔迫り合いでは侍の強い押しに抗しきれなかったか、住吉が後ろによろけた。

その隙を見逃さず、侍が住吉を力任せに撥《は》ね飛ばし、同時に刀を胴に払っていく。

足がもつれた住吉は、その斬撃をかわせそうになかった。

「住吉っ」

叫びざま土岐之助は地を蹴り、姿勢を低くして住吉に体当たりを浴びせた。あっ、という声とともに住吉の体が横に吹っ飛ぶ。

侍の刀は、住吉の体に届かなかった。土岐之助の頭上を、かすめるようにして通り過ぎていく。

土岐之助は肝を冷やした。

――わしは斬られておらぬな。

そうであることを、土岐之助は立ち上がりながら祈った。両足を踏ん張り、すぐさま住吉に向かって手を伸ばす。

「こっちだ」

地面に倒れ込んだ住吉の腕を素早く取り、土岐之助は駆け出そうとした。しかし、土岐之助の体当たりが強すぎたか、住吉は頭がふらふらしているらしく、うまく足が動かない。

「おのれっ」

侍が頭巾を膨らませて怒号《どごう》したのを、土岐之助は目《ま》の当たりにした。侍が袈裟《けさ》懸《が》けに刀を振り下ろしてくる。

――まずい。

住吉を引っ張ると同時に頭を下げて土岐之助は、その斬撃をかろうじてかいくぐった。顔のすぐ間近を、なめるように刀が行き過ぎていく。背筋が凍りついた。

これまで捕物の指揮は数え切れないほど執ってきたが、土岐之助は得物を手にして自ら賊と渡り合ったことは一度もない。真剣で斬りかかられるのは、土岐之助にとって初めての経験である。

話には聞いていたものの、まさかこれほど恐ろしいものとは思わなかった。歯ががくがくして噛み合わない。顔は蒼白になっているはずだ。冷や汗がだくだくと湧き出し、全身を伝っていることだろう。

ふらついていた住吉が、ようやくまっすぐ走れるようになった。

その手を強く引いて駆けながら、土岐之助は捕物に臨む同心たちの肝の据わりように感心するしかなかった。

白刃《はくじん》がこれほどまでに恐ろしいものであるにもかかわらず、決して逃げずに正面から賊どもと渡り合い、しかも捕らえてみせるというのは、すさまじい胆力の持ち主だから成し遂げられる業《わざ》であろう。

――なんと頼もしい者たちよ……。

そんな男たちを配下に持っていることが、土岐之助は誇らしくてならなかった。

――負けておれぬ。

湯が煮えたぎるように、闘志が沸き起こった。すぐ間近に頭巾の侍が迫っているのを、土岐之助は肌で知った。住吉から手を離してくるりと体を返すや、刀を引き抜く。

猛然と振り下ろされてきた斬撃が、土岐之助の目の中で雪崩《なだれ》が轟然《ごうぜん》と音を立てて迫ってくるかのように大きく見えた。

――負けていられるか。

心を励まし、土岐之助は刀を強く振り上げていった。

きん、と甲高《かんだか》い金属音が立ち、侍の刀が跳ね返るのが見えた。腰が砕けたのか、侍が後ろにじりっと下がる。

――なんと、俺も捨てたものではないではないか。

だが、これはほとんどまぐれである。そのことを土岐之助は解している。二撃目も、今と同じようにうまくいくとは限らない。

――いや、うまくいくはずがない。

「住吉、逃げるぞ」

土岐之助のそばに突っ立っている住吉に声をかけ、土岐之助は再び走り出した。はい、と答えて住吉が後ろにつく。

また、どうりゃあ、という気合が土岐之助の耳を打った。さっと振り返ると、体勢をととのえ終えた侍が、住吉の背中をめがけて、刀を落としてくるところだった。

「危ないっ」

住吉と入れちがうようにして、土岐之助は前に出た。刀を振り、侍の斬撃を打ち払った。土岐之助の刀の勢いに押され、またしても侍が後ろに下がる。

土岐之助が刀を抜いて侍とやり合っているのを目の当たりにした通行人たちが、斬り合いだ、斬り合いだと口々に叫びながら近づいてきた。

往来を歩いていたらしい二人の侍も、どうされた、といって駆けつけてきた。

二人の供らしい者たちも、わらわらと走ってきた。

その姿を目にしたようで、頭巾の侍が立ち止まり、じっと土岐之助をにらみつけた。

黒々とした瞳をしていた。

――この目はどこかで見たことがあるぞ。

土岐之助が思った瞬間、さっと袴の裾を翻《ひるがえ》して侍が走り出す。その姿は、土岐之助の視界からあっという間に消えていった。

――逃げていったか。しかし今のは何者だ。いや、あの黒々とした瞳は……。

それだけでなく、土岐之助には、どうりゃあ、と侍の口から二度、発せられた声にも聞き覚えがあった。

頭巾のせいで声はややくぐもっていたものの、黒々とした瞳と合わせ、まちがいないような気がする。

――今の侍は、前奉行の朝山越前守さまではあるまいか……。

体のどこにも傷を負っていないことを確かめながら、襲ってきた侍が朝山越前守であることを、土岐之助はほとんど確信していた。

薄暗い路地に駆け込むやいなや、幸貞は後ろを振り返った。

誰も追ってきていない。

ほっとしたが、しばらくのあいだ幸貞は足を緩めなかった。すぐに突き当たった路地の出口は、道が左右に分かれていた。

その角を、迷うことなく幸貞は右に曲がった。道が一気に広くなり、人通りがあっという間に多くなった。

抜き身を手にして駆けている幸貞を見て、通行人が目を丸くしたり、慌てて道の端によけていったりした。

——これは目立ちすぎるな。

足を止めて刀を鞘に納め、幸貞はなにごともなかったような物腰で歩き出した。鞴《ふいご》のように息が荒い。喉が焼けて、ひりひりと痛い。水が飲みたくてならない。

——くそう。しくじった。

足早に歩きながら、幸貞はほぞを嚙んだ。土岐之助を殺れなかったのが、どうにも悔しくてならない。

――荒俣土岐之助め。

まさか渾身の斬撃を土岐之助に撥ね返されるとは、幸貞は夢にも思っていなかった。しかも、二度である。

――いや、土岐之助だけではない。あの小者もそうだ。小癪にも、脇差で幸貞の斬撃を受け止めてみせたのだ。

――まさか小者ごときに、わしの斬撃が受けられるとは……。

腕が落ちたのだろうか、と幸貞は思った。

――そうとしか考えられぬ。

ここしばらく剣の稽古を怠《なま》けていた。その付けが回ったのだろう。土岐之助を襲うのなら、もっと鍛錬《たんれん》しておくべきであった、と幸貞は思った。

――それにしても……。

先ほどの土岐之助と小者の動きを、幸貞は思い出した。

――あの二人は、互いに守り合っておった。もし小者に土岐之助を守ろうという気持ちがなければ、わしは確実に土岐之助を仕留めておったはずだ。

その逆もまた然りである。

あれだけ連携《れんけい》の取れた動きができるのは、土岐之助と小者には、切っても切れない強い絆があるからであろう。

――くそう、わしにはそのような絆がある者はおらぬぞ。

土岐之助と小者の絆が、幸貞には急に忌々《いまいま》しいものに思えてきた。

――まこと腹が煮えてならぬ。

歩を進めつつ幸貞は、ぎゅっと唇を噛んだ。あまりに強く噛みすぎたらしく、血の味がしてきた。

――今度こそ、あの二人を絆ごと、あの世に送ってやる。

決意を新たにした幸貞は昂然《こうぜん》と胸を張って、足早に歩き続けた。

五

息をのんだような顔で、住吉が土岐之助を見つめてきた。

「今のはいったい……」

呆然として、住吉はそれ以上の声が出ないようだ。

「大丈夫でござるか」

駆けつけてくれた二人の侍が、土岐之助に声をかけてきた。二人とも立派な身なりをしており、供も四人ずつついているのが知れた。

「かたじけない。大丈夫です」

そばに来た二人の侍に向かって、土岐之助は頭を下げた。震え声にはなっておらず、そのことには安堵の思いがあった。

「先ほどの頭巾の侍は、何者ですかな」

年かさの侍が、土岐之助に問うてきた。

「いえ、それがわかりませぬ」

侍を見やって土岐之助はかぶりを振った。

「頭巾の侍は、なにゆえ貴公《きこう》を襲ったのでござるか」

年かさの侍が問いを重ねてきた。

「それもわかりませぬ」

「では、もしや白昼《はくちゅう》堂々の辻斬《つじぎ》りでござるか」

「辻斬り。ああ、そうかもしれませぬ」

偽りを口にするのは心苦しかったが、今は仕方がない。

「辻斬りならば、すぐさま番所に通報するのがよろしかろうと存ずる」

強い口調で年かさの侍がいった。土岐之助の形《なり》は与力のそれではない。

「ええ、必ずそういたします」

侍を見返して、土岐之助はきっぱりと答えた。もし頭巾の侍が朝山越前守さまだとするなら、と思案した。

——今の襲撃は、わしが人頭税に強く反対したことに対する意趣返しであろう。となると……。

目を地面に落として、土岐之助は考えを進めた。

——井倉屋敷に投げ文をしたのも、朝山越前守さまか……。

まちがいあるまい、と土岐之助は思った。

——文にもあったが、当然のことながら井倉下野守さまにも、朝山越前守さまは凶刃を向けるかもしれぬ。

用人の村上孫之丞に、強く警告しておく必要がある。

「では、我らはこの場を引き上げるが、よろしいか」

年かさの侍にきかれて、土岐之助は顔を上げた。

「もちろんです。辻斬りが戻ってくることはもうないでしょう。お急ぎのところ、お気遣い、痛み入る」

「いや、礼などけっこうでござる。では、これにて失礼いたす」

頭を同時に下げた二人の侍が、供を従えて去っていく。

その姿を見送って、ふう、と土岐之助は吐息《とい き》を漏らした。

「よし、住吉、今一度、井倉屋敷にまいるぞ」

「承知いたしました」

すでに土岐之助は冷静さを取り戻しているものの、わずかに手が震えを帯びていることに気づいた。

――真剣で斬りかかられたのは初めてとはいえ、まだ震えているとは情けないぞ……。

先ほどの二人の侍に、この震えを気づかれなかったか、土岐之助は気になった。

――気づかれたかもしれぬが、今さらどうしようもない……。

とにかく土岐之助は、井倉屋敷を目指して歩きはじめた。

「住吉、そなたのおかげでわしは助かった」

「いえ、いきなり突き飛ばしてしまい、まことに申し訳ないことをいたしました」

「いや、もし住吉が突き飛ばしてくれなんだら、わしは今頃この世におらぬであろう」

「さようでしょうか」

「ああ、まちがいない。わしはあの頭巾の侍が忍び寄ってきていたことに、まるで気づいておらなんだからな。住吉はなにゆえ気づくことができたのだ」

「実は、手前は先々月の半ばから毎朝、お庭で奥さまから、剣の手ほどきを受けているのでございます」

「なにっ」

土岐之助は目を丸くするしかなかった。菫子の心の気合は届いていたが、住吉のものまでは覚《さと》ることができなかった。

「住吉、それはまことか」

嘘であるはずがないと思ったが、土岐之助はたださずにおれなかった。

「はい。手前は荒俣さまの供をすることが少なくありませんので、奥さまに頼み込み、剣の稽古をつけてもらっていました。それが今日、役に立ったようです」

うれしいのか、住吉は目を潤《うる》ませている。

「それはまた……」

住吉を見つめて土岐之助は声をなくした。こほん、と空咳《からぜき》をした。

「我が妻からの手ほどきが効いて、住吉は頭巾の侍が忍び寄ってくる気配に気づくことができたのか」

「荒俣さまが妙な眼差しを感じたと手前におっしゃっていなかったら、まず無理だったと存じます。手前は、荒俣さまのお言葉が気にかかってならず、周囲の気配にできるだけ心を砕《くだ》いておりました」

「それで、あの侍の気配に気づくことができたか……」

はい、と安堵《あんど》の色を隠さずに住吉がうなずいた。

「とにかく荒俣さまの御身《おんみ》になにごともなくて、本当によかったと思います」

「わしの身になにもなかったのは、そなたのおかげよ。感謝してもしきれぬ」

「いえ、とにかく荒俣さまのお役に立てたことが、手前はうれしくてなりません」

そんなことを話しているうちに、土岐之助は井倉屋敷の前にやってきた。武者窓の向こうにいる門衛に、土岐之助自ら用件を伝えた。

「あの、御用人の村上さまは、先ほどお出かけになりました」

「ああ、さようか」

だったら仕方がない、と土岐之助は思った。

「いま文を書くゆえ、村上どのが戻られたら、渡してくれぬか」

土岐之助は門衛に申し出た。

「承知いたしました」

懐から紙を取り出し、土岐之助は住吉が差し出してきた矢立《やたて》の筆を手にした。紙を左手に持ち、筆を矢立の墨壺《すみつぼ》に浸《ひた》して、立ったまますらすらと文を書きはじめた。

すぐに書き終え、墨が乾くのを待って土岐之助は武者窓の隙間から文を差し入れた。

「もう一度いうが、これを村上どのに渡してくだされ」

武者窓の向こうで門衛が恭《うやうや》しく文を受け取った。

「わかりましてございます」

文には、先ほど土岐之助が襲われたこと、その下手人の心当たりはすでにあること、井倉屋敷に投げ文したのも自分を襲った者と同一人ではないかと考えられること、井倉下野守もその者に襲われるかもしれぬことなどを書き記した。

軽く息をついて土岐之助は住吉を見た。

「よし、住吉、番所に戻るとするか」

「承知いたしました」

道を歩き出した土岐之助たちは、四半刻もかからずに、南町奉行所の門前に帰ってきた。

大門をくぐる際、吟味方与力の岩末長兵衛と出会った。

「これは荒俣どの」

足を止め、長兵衛が笑みを浮かべて挨拶してきた。

「ああ、岩末どの」

土岐之助もすぐさま立ち止まり、丁寧に頭を下げた。

「荒俣どの、同じ建物で過ごしているというのに、なかなか顔を合わせませぬな」

「ええ、まことおっしゃる通りですね」

にこやかに土岐之助は答えた。

「あっ」

いきなり長兵衛が驚いたような声を発し、土岐之助の羽織をまじまじと見る。

「どうされた、岩末どの」

驚いて土岐之助はただした。

「荒俣どの、腰のところが切れておりますぞ。こちらでござる」

少し腰をかがめて長兵衛が指をさす。

「えっ」

長兵衛にいわれて、土岐之助はすぐに羽織を見た。

確かに、羽織の腰のあたりがすぱりと切れていた。

頭巾の侍が去った直後、土岐之助は傷を負っていないか自らの体を確かめてみたが、着物が切れていないかまでは見なかった。いや、見たが、気づかなかった。

「ああ、まことだ……」

この切れたところを目の当たりにしたら、菫子はどんな思いを抱くだろうか。悲しませることになろうな、と土岐之助は思った。心配もするだろう。

まことに済まぬという気持ちが、土岐之助の中で込み上げてきた。

——しかし、羽織が切られたことに気づかぬとは……。

自然に、土岐之助の顔はゆがんでいた。真剣で斬りかかられたことに、やはりよほど動転していたのだろう。

「荒俣どの、羽織がすぱりと切れてしまうなど、いったいなにがあったのですか」

真摯《しんし》な口調で長兵衛がたずねてきた。ここはごまかしてもしようがない、と土岐之助は判断した。同じ町奉行所の与力に偽りを告げても、しようがない。

「実は――」

先ほど何者かに襲われた旨《むね》を、土岐之助は手短に長兵衛に語った。

聞き終えて長兵衛が目を大きく見開いた。

「何者かに襲われたとは、それはまた剣呑《けんのん》な話ですね。荒俣どの、いったいどういうことですか」

真剣な顔を寄せて、長兵衛がなおも問うてくる。

「それが、なにゆえ襲われたのか、それがしにはさっぱりわからぬのです」

途方に暮れたような声を、土岐之助は発した。前奉行の朝山越前守に襲われたかもしれぬなど、軽々しくいえることではない。

「さようですか」

長兵衛は、心から土岐之助の身を案じる表情をしている。

「荒俣どの、刺客に襲われた旨を御奉行にご報告されるのですか」

はい、と土岐之助はうなずいた。

「これから、ご報告しようと思っています」

不意に、顔をしかめた長兵衛が悔しげに首を横に振った。

「正直なところ、番所に奉公している我らはどんなことでうらみを買うか、わかったものではありませぬ」

その通りだ、と土岐之助は心で同意した。

「荒俣どの、どうか、お気をつけてくだされ。それくらいしか、それがしがいえることはありませぬ。そのことが、それがしはとても辛くてなりませぬ……」

「岩末どの、お心遣い、かたじけなく存ずる。岩末どのがおっしゃるように、できる限り、用心いたします」

長兵衛に向かって土岐之助は頭を下げた。

「是非ともそうしてくだされ。では荒俣どの、それがしはこれにて失礼いたします。ちと、これから用事がありましてな……」

小腰《こごし》をかがめた長兵衛が、足早に去っていった。小者らしい供の者が一人ついており、その男も土岐之助にこうべを垂れてから長兵衛のあとを追った。

「よし、我らも行くとするか」

住吉にいって土岐之助は大門をくぐり抜け、町奉行所内に入った。

廊下を歩いた土岐之助は、右に折れれば自分の詰所に行けるという角のところで、足を止めた。

「住吉、そなたはわしの詰所に先に行っておれ。火鉢の炭を熾《おこ》して、部屋を暖めておいてくれぬか」

「承知いたしました。荒俣さまは、御奉行さまのところにいらっしゃるのですね」

「そうだ。先ほどの一件をご報告しなければならぬ」

いうやいなや、土岐之助は廊下を歩きはじめた。

御用部屋の前には、午前中と同様、内与力の大沢六兵衛が端座していた。

「大沢どの」

近づいて土岐之助は声をかけた。

「これは荒俣どの」

柔らかな笑みを浮べて、六兵衛が低頭してきた。

「御奉行はいらっしゃいますか」

「ええ、いらっしゃいます。先ほど千代田のお城から戻っていらっしゃいました」

それはちょうどよかったな、と土岐之助は思った。

「御奉行、荒俣どのがいらっしゃいました」

厚みのある襖に向かって、六兵衛が張りのある声を発した。

「入ってもらえ」

「はっ」

六兵衛が土岐之助を見上げ、襖を横に滑らせた。

「失礼いたします」

朗々《ろうろう》たる声でいい、土岐之助は敷居を膝行して越えた。

「荒俣、近《ちこ》う寄れ」

はっ、と答えて土岐之助は上座にいる曲田の前に進んだ。

「荒俣、羽織が切れておるぞ」

目ざとく曲田が指摘してきた。

「はっ、実は……」

先ほど起きた件を土岐之助は語った。

「なんと、そなたが襲われたというのか」

目をみはって、曲田が土岐之助をまじまじと見る。喉仏を大きく上下させ、鋭い口調で問うてきた。

「荒俣、襲ってきたのは何者だ」

「その侍は頭巾をかぶっておりましたゆえ、確かな証拠はありませぬが……」

一つ頭を下げてから、土岐之助は面を上げて曲田を見つめた。外にいる六兵衛にも聞こえないよう、声を低くする。

「刺客は朝山越前守さまご本人ではないかと、それがしは勘考いたしましてございます」

「なにっ」

さすがに曲田の腰が浮いた。

「荒俣、なにゆえそう思うのだ」

腰を落とし、曲田がきいてきた。その理由を、土岐之助は一言一句はっきりと淀みなく述べた。

「なんと、気合を発したときの声が朝山越前守にそっくりだったたか」

険《けわ》しい目になり、曲田が眉根を寄せた。

「はっ。実はそれだけではありませぬ。侍は頭巾をかぶっておりましたが、そこからわずかに見えた黒々とした瞳も、朝山越前守さまの目を思わせるものでございました」

いま思い返してみても、頭巾からのぞいていたあの二つの目は、朝山越前守のものだとしか考えられない。それだけの確信が、土岐之助にはあった。

「そうか、おぬしは三月《みつき》のあいだ、朝山越前守に仕えていたのだったな。いくらその侍が頭巾をかぶっておっても、見まちがえるはずがないか……」

「はい、それがしはすでに確信しております」

そうか、と曲田がいった。

「ところで荒俣、襲ってきたのはまちがいなく一人であったか」

「さようにございます。ただ一人で襲ってまいりました」

「そうか。では、刺客は供らしき者を連れておらなんだのだな」

「はっ、連れておりませんでした」

「では、その刺客がまことに朝山越前守なら、一人で屋敷を出たということになるな」

「おっしゃる通りにございます」

朝山越前守は、二千三百五十石の大身《たいしん》旗本である。それだけの旗本の当主が他《た》出《しゅつ》するときに供を一人もつけないというのは、まずあり得ない。

——だが、もし朝山越前守さまが一人で屋敷を出たとしたら、家臣に秘しておきたいことをしてのけるためではなかったのか……。

その考えを、土岐之助は曲田に伝えた。

「確かに、一理あるな」

土岐之助の言葉を聞いて、曲田が首を縦に動かした。

「朝山越前守が朝からおぬしをつけており、端《はな》から殺すつもりでおったのなら、一人で動くしかあるまい。よほど気心の知れた家臣がいれば、またちがうのであろうが……」

朝山越前守にも町奉行時代、内与力が二人いたが、心は朝山越前守から離れていたように見えた。

「おそらくそのような家臣は、朝山越前守さまにはおらぬと、それがしは思います」

「わしも同じ意見だ」

それはよかった、と土岐之助は思った。

「御奉行、これからどういたしましょう」

うむ、といって曲田が土岐之助の顔を見つめてきた。

「その前に、おぬしに話があるのだ」

「話とおっしゃいますと」

身を乗り出して土岐之助はたずねた。

「これだ」

懐に手を差し入れた曲田が、一枚の封筒を取り出した。

それを見て土岐之助は瞠目した。

――見覚えがある封筒だ。

先ほど井倉家の上屋敷で村上孫之丞から見せられた文の封筒と、そっくりだったからだ。

「文が入っておる」

封筒を開き、曲田が中身を取り出した。

「荒俣、これを読め」

「はっ」

井倉家で読んだ文と、やや中身は異なっていたが、人頭税に言及しているところについては、ほぼ同じだった。

人頭税に反対して公儀に楯突《たてつ》く不届き者の荒俣土岐之助を必ずや成敗する。

そんなことが文には書かれていた。

「おそらく今朝、奉行所内に投げ文されたものであろう。それを、先ほど裏庭の掃除をしていた下男が見つけて届けてきたのだ」

「さようでございましたか……」

土岐之助は、井倉家にも似たような内容の文が届いたことを曲田に告げた。それを聞いて曲田が目をみはる。

「なんと……」

ぎゅっと唇を嚙み締めてから、曲田が口を開いた。

「もともと人頭税は、前《さき》の奉行朝山越前守が考え、公儀に提出したものだ」

朝山越前守は三月で罷免《ひめん》も同様に町奉行の職を辞したが、人頭税に反対した者の命を狙ってくるような男なのか。

わからぬが、と土岐之助は思った。

――襲ってきたのは、紛れもなく朝山越前守さまであろう。

土岐之助は、職を辞す寸前の朝山越前守の様子を思い起こした。

あの頃の朝山越前守の様子が尋常《じんじょう》でなかったのは、疑いようがない。明らかに常軌を逸していた。

土岐之助には、朝山越前守がなにかにひどく悩んでいるように見えた。

――心を病んでいる男なら、なにをしでかしてもおかしくはない……。

「荒俣――」

曲田に呼ばれ、土岐之助は顔を上げた。

「はっ、なんでございましょう」

「よいか、ここしばらくは他出を控え、おとなしくしておれ」

厳しい声音で曲田がいってきた。確かに、また襲われぬとも限らない。

「わかりましてございます」

土岐之助としては、曲田の言葉にうなずくしかなかった。

「それでよい」

満足そうに曲田がいった。

「あの、御奉行、朝山越前守さまのほうはどういたしましょうか」

「それは、朝山屋敷を監視すべきかどうかということか」

「御意」

「刺客が朝山越前守だったのではないかというおぬしの言《げん》は重い。それをないものとするわけにはいかぬ。朝山屋敷の監視は、しなければならぬであろう。朝山越前守の動きを探らねばならぬ」

「御奉行、監視を受け持つ者は誰になりましょう」

「そうさな」

顎に手を当て、曲田が考え込む。

「朝山屋敷を監視するのならば、隠密廻《おんみつまわ》りを当てるのがよいのではないか」

隠密廻り同心か、と土岐之助は思った。江戸市中の風説《ふうせつ》、風聞《ふうぶん》の探索、町人たちの動静の監視が主な役目である。

定廻り同心のような、それとわかる衣服は身につけていない。市井《しせい》に溶け込むような身なりをしている。

「荒俣、隠密廻りの中で、最も腕利きの者は誰だ」

土岐之助はほとんど思案しなかった。

「岡崎竜兵衛《おかざきたつべえ》がよろしいかと存じます」

「岡崎か」

「はっ、隠密廻りの中では最も腕利きだと思います」

「ならば、岡崎に監視させよう。岡崎は確か、吟味方与力の岩末長兵衛の弟だったな」

「よくご存じで。もともと岩末家の次男でしたが、岡崎家に養子に入りました」

「長兵衛も使える男であるな」

「はい、とても有能なお方にございます」

そうか、と曲田がいった。

「余から委細を話し、岡崎に命じておく」

「はっ、承知いたしました」

「よし、荒俣、戻れ」

じっと土岐之助を見据えて、曲田が命じてきた。

「はっ、わかりましてございます」

一礼して土岐之助は膝で畳を滑って後ろに下がり、敷居際で立ち上がった。襖を開け、廊下に出る。

「失礼いたします」

曲田に頭を下げて、土岐之助は御用部屋を出た。六兵衛に声をかけてから、廊下を歩き出す。詰所に戻るや、とりあえず書類仕事をこなした。

意外に仕事に没頭でき、気づくと、詰所内はだいぶ暗くなっていた。

もう夕刻か、と腰高障子のほうを眺めて土岐之助は思った。いつものように、住吉が行灯を入れてくれた。

部屋がほんのりとした明るさに包まれ、土岐之助は安堵の息をついた。

「住吉、もう富士太郎は見廻りから戻ってきたかな」

腰高障子を開けて廊下に出ようとした住吉を呼び止めて、土岐之助はきいた。

「呼んでまいりましょうか」

「頼む。連れてきてくれ」

「承知いたしました」

住吉が廊下に出て、腰高障子を閉めた。

あまり時を置くことなく、足音が聞こえてきた。それが土岐之助の詰所の前で止まり、人影が腰高障子に映り込んだ。

「樺山さまをお連れいたしました」

腰高障子越しに聞こえてきたのは、住吉の声である。

「入ってもらってくれ」

どうぞ、という住吉の声がし、腰高障子が横に滑った。

「失礼いたします」

一礼して、富士太郎が詰所内に足を踏み入れた。

「座ってくれ」

富士太郎を見つめて、土岐之助は命じた。はっ、と答えて富士太郎が文机を挟んで端座する。

「実はな、富士太郎」

今日の昼過ぎ、何者かに襲われた旨を土岐之助は話した。

「えっ、荒俣さまが襲われたのですか」

土岐之助をまじまじと見て、富士太郎が驚愕する。

「ああ、その通りだ」

「いったい誰が、そのような真似をしたのですか」

「富士太郎、これからいうことは他言無用《たごんむよう》にしてもらう」

「はっ、わかりました」

まじめな顔をしている富士太郎に顔を近づけて、土岐之助はおのれの推察を語った。

「えっ、前奉行の朝山越前守さまが刺客かもしれぬとおっしゃるのですか」

さすがに、富士太郎は信じられぬという顔である。

無理もない、と土岐之助は思った。

「荒俣さまには確信がおありなのですか」

膝を進めて富士太郎がきいてきた。

「ある」

富士太郎を見つめて、土岐之助は断ずるようにいった。

「さようですか」

うなずいた富士太郎が、きりっとした顔つきになった。

「それで荒俣さま、それがしはなにをすればよろしいのでしょう。朝山越前守さまの屋敷の監視でしょうか」

「いや、そうではない」

首を振って土岐之助は否定した。

「明日から市中見廻りの際に、井倉下野守さまにうらみを持つ者がおらぬか、力を入れて探るのだ」

富士太郎をじっと見て土岐之助は命じた。

「確信はあるが、もし万が一、朝山越前守さまが井倉下野守さまを付け狙っていない場合、ほかの者が投げ文をしたことになり、井倉下野守さまの警護が手薄になる。よいか、富士太郎。心して探ってくれ」

「承知いたしました」

深く頭を下げて富士太郎が答えた。

「頼んだぞ。——ところで富士太郎、伊助はどうだ。使えるか」

まったく別の問いを土岐之助は放った。

「はい、使えます」

面を上げて富士太郎が明快に答えた。

「伊助は、とてもよい男ですね。気配りもできますし、いずれ珠吉のような頼りになる中間になってくれるのではないかと、それがしは心から待ち設けております。いえ、必ず珠吉のような男になってくれるものと、それがしはかたく信じております」

笑顔の富士太郎が、迷いのない口調できっぱりと告げた。

「それは重畳《ちょうじょう》」

土岐之助はにこやかに笑った。

「そういうことならば、伊助をおぬしの中間に推薦した甲斐があったというものだ」

伊助が使える男であることがわかり、土岐之助は胸をなで下ろした。

——これで、珠吉の後釜について始末がついたといえるのではないか……。

富士太郎のためにも伊助を選んでよかった、と土岐之助は心から思った。

第三章

一

早くも師走は三日になった。

「智ちゃん、まだ兆しはないかい」

朝餉の最中に富士太郎は、給仕をしてくれている智代にきいた。

「ええ、まだありません」

済まなそうに智代が答え、腹をさすった。

「あなたさま、本当に申し訳ありません」

そんなことを智代が口にしたから、富士太郎は心から驚いた。

「いや、智ちゃんが謝ることなどないんだよ。子を産むのは自然に任せるしかないんだから。急《せ》かすようないい方をしたおいらが悪かったんだ。ごめんよ」

「いえ、あなたさまこそ謝るようなことではありません」

切なげな笑みを浮かべて智代がいった。

「昨日、お産婆《さんば》のお喜多《きた》さんが来てくれたんですけど、あと半月くらいはかかるかもしれないといわれました」

残念そうに智代が口にした。

「えっ、ああ、そうなのかい。お喜多ばあさんが……」

「半月もかかると聞いて、あなたさまが残念がるかもしれないと思って、黙っていました。でも昨夜《ゆうべ》、そのことは、あなたさまに話すべきでした」

「いや、いいんだよ。智ちゃんが話しにくいわけは、よくわかるから……」

「はい……」

智ちゃん、と富士太郎は呼んだ。智代が顔を上げ、富士太郎を見る。

「最も大事なのは、元気な赤ちゃんを産むことだよ。智ちゃんは、それだけを考えてくれればいいんだからね」

「はい、わかりました」

明るい声音で智代が答えた。

朝餉を終え、その後、富士太郎は出仕の支度をととのえた。

「じゃあ、智ちゃん、行ってくるからね」

「はい、行ってらっしゃいませ。あなたさま、どうか、お気をつけて」

智代がまた首に手ぬぐいを巻いてくれた。これだけでだいぶ寒さが薄れた。

「うん、よくわかっているよ。必ず今日も智ちゃんのもとに帰ってくるからね」

富士太郎を見て、智代がうれしそうに笑った。なんてかわいいんだろう、と妻の笑顔を見て富士太郎は思った。

――まったく宝物だよ……。

いつまでも智代を見ていたかったが、そういうわけにもいかない。富士太郎は前を向き、南町奉行所を目指して早足で歩いた。

――半月か……。確かに長いけど、待つのも楽しみの一つだからね。その楽しみが長く続くと思えば、いいんじゃないかなあ。

今日も冬らしく天気はよく、快晴である。遠くに、雪をたっぷりとまとった富士山も見えている。

――ああ、本当にいい景色だねえ。ほんと、冬の醍醐味だよ。

晴れている分、今朝も冷え込んだが、先ほど智代が巻いてくれた手ぬぐいのおかげで、寒さはだいぶ減じている。

――手ぬぐい一つでこんなにちがうなんてね。

手ぬぐいを少し巻き直して、富士太郎は歩き続けた。

やがて南町奉行所の大門が見えてきた。それをくぐり、富士太郎は同心詰所に向かった。

板戸を開けて、中に入る。まだ刻限が早いこともあって、他の同心は一人も来ていなかった。

詰所内は冷え切っており、外よりも寒いくらいだ。富士太郎は、詰所の納戸《なんど》内に置かれている炭の俵から十本ばかりの炭を持ち出した。大火鉢に入れ、炭を熾しはじめる。

炭に火がつき、赤くなり出した。

――これでいいね。じきに暖かくなるよ。

火鉢のおかげで詰所内が暖まったときに、他の同心たちがぞろぞろとやってきた。

「おっ、今日もあったかいな」

「また富士太郎が火を入れてくれていたのか」

口々にいって大火鉢の回りに集まってきた。

「富士太郎は毎朝、皆より早く来て、火鉢に火を入れてくれる。なんて偉いやつなんだ」

「いえ、それがしが最も年下ですから、当たり前ですよ」

「だが、毎朝となると、なかなかできることではないぞ。捕物があった翌日など、早起きすら辛いことが多々あるしな」

すぐに別の同心が続ける。

「捕物がなくとも、こんなに寒い日が続くと、寝床から出たくないものな。早起きするのは正直きつい」

「それがしは寒がりですが、早起きは苦にならぬのですよ」

「それはいいな。わしなど、いつまでも寝ていたい口だから、そういうのはうらやましくてならぬ」

そんな会話をかわしていると、不意に詰所の板戸が開いた。顔をのぞかせたのは、奉行所付きの小者の玄助《げんすけ》である。

「玄助、早く入って戸を閉めろ。せっかくあったまっているのに、そこから全部、逃げちまう」

先輩同心が少しきつい口調でいった。

「ああ、済みません」

頭を下げて玄助が敷居を越え、板戸をすぐさま閉めた。

「それで玄助、なにか用か」

「あっ、はい。あの、樺山さまに用事がございます」

「えっ、おいらにかい」

すぐに進み出て、富士太郎は玄助のそばに立った。

「樺山さま、御奉行がお呼びです」

「えっ、御奉行が……。ご用件は」

町奉行はだいたい四つ頃に出仕するのが常だが、曲田伊予守はすでに来ているということとなのだろう。

「いえ、それは聞いておりません。樺山さまを呼んでくるようにと、御奉行はおっしゃいました」

「うん、わかった。玄助、行こう」

はっ、と玄助が答えて板戸を開ける。富士太郎が廊下に出ると、すぐにあとに続いて、戸を閉めた。

「ご案内いたします」

低頭して玄助が富士太郎の前に出た。

「ありがとうね」

礼をいって富士太郎は廊下を歩き出した。

向かったのは、御用部屋である。内与力の大沢六兵衛が廊下に座していた。

――火鉢もなくて、寒いだろうね。

しかし六兵衛は平気な顔をしていた。

「大沢さま、樺山さまをお連れいたしました」

六兵衛から少し離れたところで立ち止まり、玄助が声をかけた。

「おう、樺山どの、よくいらしてくれた」

富士太郎を見て、六兵衛が快活な声を投げてきた。

「おはようございます」

六兵衛に向かって富士太郎は挨拶した。

「うむ、おはよう。樺山どの、御奉行がお待ちかねだ」

明るい笑みをたたえて六兵衛がいい、すぐさま厚みのある襖を横に引いた。

「樺山どの、入られよ」

「失礼いたします」

敷居のところで頭を下げ、富士太郎は膝行して御用部屋に入った。

大きな文机を前にして南町奉行の曲田伊予守が座していた。こちらには大火鉢があり、赤々とした炭が強い熱を放っていた。暖かいね、と富士太郎はほっと息をついた。

「樺山、近《ちこ》う寄れ」

曲田に命じられ、はっ、とこうべを垂れた富士太郎は、畳を滑るように近づいた。背後で襖が閉まっていく。

「朝早くに済まぬな」

富士太郎を見て曲田がいった。

「樺山、そなたには、じきに子が生まれるそうだな。つつがないか」

もうすぐ子ができることを、まさか曲田が知っているとは、富士太郎は夢にも思わなかった。

「はっ、あと半月ばかりで生まれることになっております」

「そうか、あと半月か。初めての子と聞いたが、樺山、楽しみだな」

「はっ。それがし、待ち遠しくてなりませぬ」

「寒さ厳しき折、なかなか大変だろうが、必ず元気な子が生まれるはずだ。余はかたく信じておるぞ」

「はっ、ありがたきお言葉にございます」

曲田の言葉があまりにうれしくて、富士太郎は涙をこぼしそうになった。

「ところで、樺山――」

口調を改めて曲田が呼びかけてきた。富士太郎はすぐさまかしこまった。

「そなたを呼んだのは、初子《はつご》のことをきくためではない」

「はっ」

控えめに顔を上げ、富士太郎は曲田を見やった。

「昨日のことだ、荒俣が何者かに襲われた」

「そのことについては、昨日、荒俣さまよりお話がございました」

そうか、と曲田がいった。

「樺山は、すでに知っておったか。まあ、当たり前であろうな。よいか、樺山。荒俣土岐之助は、我が南町奉行所の柱石《ちゅうせき》といってよい。決して失うわけにはいかぬ」

「おっしゃる通りにございます」

今の曲田の言葉については、異論を挟む余地はない。

「実は、荒俣は前奉行の朝山越前守どのが下手人ではないかと申しておった。人頭税に反対していることに腹を立てているのではないかということだ。樺山、そなたはどう思う」

「畏《おそ》れながら御奉行に申し上げます」

腹に力を込め、富士太郎は告げた。

「前奉行の朝山越前守さまは、お役目を辞する寸前、明らかに心を病んでおられました。ですので、人頭税の反対の陣頭に立った荒俣さまに遺恨を抱いていても、決してあり得ぬことではないと、それがしは勘考つかまつります」

やはりそうか、と曲田がいった。

「そなたは、荒俣の意見に諸手《もろて》を挙げて賛同するのだな」

「仰《おお》せの通りにございます」

ふむ、と曲田がうなるような声を漏らした。

「事の真相はどうあれ、朝山越前守どのの監視については、もう手は打ってある」

そうなのか、と富士太郎は思った。いったいどんな手なのだろう。

「だが、荒俣自身の警護がまだである。昨日は、我が家臣を何人か警護につけて、屋敷に帰らせた。今朝も、同じ顔ぶれの警護をつけて出仕させた」

そうだったのか、と富士太郎は曲田の手際のよさに感心するしかなかった。自分の家臣を使って守らせるなど、曲田は土岐之助のことを心底から買っているのであろう。

富士太郎を見つめて曲田が言葉を続ける。

「下手人が捕まるまで、我が家臣を警護に使ってもよいのだが、正直、我が家臣たちは剣の腕が心許《こころもと》ないのだ。朝山越前守どのもさしたる遣い手だとは聞かぬが、あるいは、別の遣い手を雇って荒俣を襲わせることも考えに入れねばならぬ」

その通りだ、と富士太郎は思った。

「それで樺山」

言葉を口にすると同時に、曲田が身を乗り出してきた。

「余としては、荒俣に陰警護《かげけいご》ということで、ひそかに腕利きの用心棒をつけたいのだが、そなたに誰ぞ心当たりはないか」

そういうことで呼ばれたのか、と富士太郎は納得した。

「ございます」

ためらいなく富士太郎は答えた。

「誰だ」

鋭い口調で曲田がきいてきた。ここはやはり、と曲田を見つめて富士太郎はすぐさま思案した。

――直之進さんを頼らなければならないだろうね。おいらが荒俣さまを守ってあげたいけど、おいらの腕では、まず無理だもの。

土岐之助を守るためには、とにかく遣い手が必要なのだ。

「日暮里《にっぽり》の地に秀士館という、学問だけでなく、剣術にも力を入れている学校がございます。その秀士館に親しくしている者がおりますゆえ、その者に依頼しようと思います」

「秀士館か。佐賀《さが》大左衛門《だいざえもん》どのが館長をしておるな」

「佐賀さまをご存じでしたか」

目を見開いて富士太郎はいった。

「当たり前だ」

富士太郎を見て、曲田が笑った。

「江戸の旗本で、佐賀大左衛門どのを知らぬ者はまずおらぬ」

佐賀さまというお方は、と富士太郎は思った。それだけ名のある人なのだ。

――なんにでも造詣《ぞうけい》の深いお方だものね。

「樺山が依頼を考えている者は、秀士館でなにをしておるのだ」

新たな問いを曲田が発した。

「剣術道場の師範代をしております」

「師範代か。秀士館には、確か二人おったな。湯瀬《ゆせ》直之進《なおのしん》どのと倉田《くらた》佐之助《さのすけ》どのだ」

そこまでご存じだったか、と富士太郎はあっけにとられた。

「その二人は、風魔《ふうま》の者どもに上さまが襲われた際、窮地を救ったからな。わしも、二人のその後を気にかけておったのだ。あわよくば、わしの家臣にしようと目論《もくろ》んでおったが、その前に秀士館にさらわれてしまった」

いかにも残念そうに曲田がいった。

――そこまでお考えになっていたのか。

もし直之進さんと倉田どのが御奉行の家臣になっていたら、と富士太郎は夢想した。

――あの二人が番所の者として、大いに腕を振るっていたかもしれないのか。

その二人の姿も見たかったたねえ、と富士太郎は心から思った。

「御奉行、いま荒俣さまはどうされているのですか」

「詰所におるはずだ。しばらくのあいだ、おとなしくしているようにいっておいたゆえ、さすがに今日は、他出せぬだろう」

「さようでございましたか」

荒俣さまが詰所にいらっしゃるなら安心だね、と富士太郎は思った。さすがに、詰所まで刺客が押し入ってくることはないだろう。

「今日は明るいうちに帰るようにいっておいた。おそらく荒俣は、余の言葉通りにするであろう。七つには退出するのではないか」

「その際も、荒俣さまに御奉行の御家中のお方を警護につけられるのでございますか」

「そのつもりだ」

富士太郎を見て曲田が首肯《しゅこう》した。

「だが、先ほども申したが、もし腕利きの刺客が襲ってきたら、我が家臣たちでは心許ないのだ。だから樺山、急ぎ遣い手の用心棒を荒俣につけてくれ」

「承知いたしました」

樺山、と曲田がすぐに呼んできた。

「今から秀士館に行ってくれぬか」

「はっ、わかりました。では、さっそく行ってまいります」

「頼む」

平伏した富士太郎は、畳を膝で滑って下がり、敷居際で立ち上がった。

「では、失礼いたします」

襖を開け、富士太郎は廊下に出た。そこに座している六兵衛と目礼をかわし、歩き出す。

足早に歩いて詰所に戻った。他の同心たちはすでに縄張の見廻りに出たと見えて、詰所には人けがなく、がらんとしていた。

大火鉢の炭は、うずめられていた。

——火の用心は、しっかりとしてあるね。よし。

心中でうなずいて、富士太郎も詰所をあとにした。大門から外に出ると、伊助が待っていた。

「伊助、おはよう。待たせたね」

「いえ、なんでもありませんよ。樺山の旦那、おはようございます」

笑顔で伊助がいった。

「縄張の見廻りではなく、これから秀士館に行くよ。伊助、案内できるかい」

「もちろんです。日暮里ですよね」

自信たっぷりに答えて、伊助が富士太郎の前に出た。ちらりと富士太郎を見てから、足早に歩き出す。

「伊助――」

富士太郎は、こちらに背中を見せている伊助に声をかけた。

「はい、なんでございましょう」

「実はね……」

なにが起き、どうして秀士館に行くことになったのか、富士太郎はできるだけ詳細に語って聞かせた。

伊助には、なにを話しても大丈夫なのではないかという気がする。

――もし珠吉だったら、おいらは必ず話しているものね……。

「なんと――」

話を聞き終えた伊助が、富士太郎を見つめて絶句する。

「いいかい、伊助」

いい聞かせるような口調で、富士太郎は呼びかけた。

「なんとしても、荒俣さまは守らなきゃいけないからね。それだけ荒俣さまは、おいらたちにとって大切な人なんだよ」

「はい、よくわかっています」

伊助が深いうなずきを見せる。

「荒俣さまは、御番所にとって、かけがえのないお方だと手前も思います」

それから富士太郎たちは、無言で日暮里を目指した。

その途中、不意に辻の右手から出てきた男が、あれ、と頓狂《とんきょう》な声を上げた。

「富士太郎ではないか」

「あっ、米田屋《よねだや》さん」

往来を行く人たちの邪魔にならないように、富士太郎と口入屋《くちいれや》米田屋のあるじ琢ノ介《たくのすけ》は横に寄った。

「新しい中間か」

伊助を見て琢ノ介が富士太郎にきいてきた。

「米田屋さんは、伊助とは初対面でしたか」

「そうだと思うが……」

「伊助、こちらは口入屋の米田屋さんの主人で琢ノ介さんというよ」

すぐに富士太郎は伊助を琢ノ介に紹介した。

「そうか、伊助は岡っ引の親分の下で下っ引をしていたのか。この樺太郎《かばたろう》はとてもよい男だから、大事にしておいたほうがいい。よいことがあると思うぞ」

琢ノ介がしゃべっているあいだ、富士太郎はにらみつけていた。

「なんだ、富士太郎。なにゆえわしをそんな目で見るのだ」

意外そうな面持ちで琢ノ介がいった。

「いま樺太郎といいましたね」

「えっ、わしはいったか」

驚いた様子で琢ノ介が問うてきた。

「ええ、いいました」

「それはまことに申し訳ないことをしたな。どうか、大目に見てくれ」

「それは構わないのですが、次からは気をつけてくださいね。さもなくば、それがしも豚《ぶた》ノ介《すけ》と呼びますよ」

「今のは呼んだも同然だと思うが……」

むっ、とした顔で琢ノ介がいった。

「まあ、こんな往来で口喧嘩をしても詮《せん》ないことゆえ、矛《ほこ》は収めさせてもらうが……」

「それがよいでしょう。米田屋さんは、外回りの最中ですか」

「そうだ。富士太郎、おまえたちはどこへ行こうとしておるのだ」

「秀士館ですよ」

隠し立てするほどのことではなく、富士太郎は素直に答えた。

「秀士館か。直之進に会いに行くのか」

ええ、と富士太郎は顎を引いた。

「直之進さんに頼み事がありまして。ちょっと頼みにくいことなのですが……」

「頼みにくいことというと、また用心棒でも頼みに行くのか」

いきなり琢ノ介がずばりといい当てたから、富士太郎はびっくりした。

「さようです。よくわかりますね」

「そのくらい誰にだってわかるさ。それで、誰の用心棒だ」

「それが……」

「なんだ、いいにくそうだな」

「ええ、まあ」

「ということは、富士太郎の身内か。だが、家人ではなさそうだな」

「家人なら、よくわかりますね」

「家人なら、仕事を休んでも富士太郎自身が、屋敷内でつきっきりになって守るはずだからな。それをしかねる相手というのは、身内からは少し外れた者かな。もしや町奉行所の者か」

　さすがに鋭いな、と富士太郎は感心するしかなかった。

——米田屋さんには、話しても構わないだろう……。

　琢ノ介を凝視して、富士太郎は判断した。琢ノ介は、これまで幾多の危機を乗り越えてきた仲間なのだ。なにを話しても、まずいようなことにはならないはずだ。

　琢ノ介の耳に顔を近づけて、富士太郎はどういうことがあったか、ささやきかけた。

「なにっ」

　富士太郎の話を聞き終えた琢ノ介が、さすがに驚きの顔になる。

「米田屋さん、声は低くお願いします」

　ああ、と琢ノ介がうなずいた。

「そうか、荒俣どのが、正体不明の曲者《くせもの》に襲われたのか……。しかも、公儀に楯突く不届き者とまで書かれた投げ文があったとは。それは、いったいどういう意味だ。公儀の者であるれっきとした与力を、公儀に楯突く不届き者と罵《ののし》るとは……」

「それは……」

口を閉じ、琢ノ介が富士太郎をじっと見てきた。

「誰がそんな真似をしたのか、富士太郎に心当たりはあるのか」

さすがに富士太郎はいい淀んだ。

「あるが、今はさすがにいえんということか」

「申し訳ありません」

「いや、別に謝るようなことではないさ」

両手をこすり合わせて、琢ノ介が首をかしげた。

「わしもこのところ直之進に会っておらんな。富士太郎、わしも一緒に秀士館に行ってよいか」

「ええ、それは別に構いませんが、米田屋さん、仕事はよいのですか」

「今日は今のところ、商売はうまくいっておらん。ことごとく外れだ。風向きを変えるためにも、秀士館に行くというのは、よい手立てかもしれん」

「さようですか。では、一緒にまいりましょう」

富士太郎は、琢ノ介とともに秀士館に向かうことになった。

「微力ながらも、用心棒の依頼がうまくいくように、わしも口添えしてやろう」

富士太郎の横を歩きつつ、琢ノ介がいってくれた。

「それはありがたいですよ」

琢ノ介は話がうまい。米田屋さんが口添えしてくれるのなら、と富士太郎は思った。

——これ以上、心強いことはないよ。

「わしが用心棒を務められればよいのだが」

足を運びながら琢ノ介がいった。

「さすがに仕事をほっぽり出してというわけにはいかんのでな……」

「琢ノ介さんは、なんといっても米田屋の大黒柱ですからね」

「わしも、たまには用心棒仕事をしたいと思うことがあるが、そんなことをしたら、米田屋はあっという間に傾いてしまうだろう」

そういうものかな、と富士太郎は思った。

「しかし、今のわしの腕では、さすがに心許ない。富士太郎が、直之進のような腕を持つ用心棒をほしがるわけはよくわかる」

すぐに琢ノ介が言葉を続ける。

「江戸のどこを探しても、直之進や倉田のような腕を持つ用心棒など、そうはおらんからな。わしも取引先に頼まれて、腕のよい用心棒を探してはおるのだが、なかなか見つからん。となると、悪いと思いながらも、直之進や倉田の厚意に甘えることになってしまって……」

「ええ、おっしゃる通りです」

琢ノ介をじっと見て富士太郎はうなずいた。

「ところで富士太郎――」

ふと話題を変えた琢ノ介が、珠吉の具合をきいてきた。

「だいぶいいようですよ」

笑顔になって富士太郎は答えた。

「まだ無理はできませんけど、復帰はそう遠くないと思います」

「それはよかった。しかし珠吉は、まことに不死身の男だな」

「まったくです。あれだけの傷を負って生き延びるだなんて、驚き以外の言葉が出てきませんよ」

「うむ、まことにすごい男だ。――ああ、そうだ。富士太郎、智代さんはどんな様子だ。変わりはないか」

「ええ、変わりありません」

「今月、生まれるのだったよな」

「さようです。産婆さんによれば、あと半月ほどらしいのですが……」

「あと半月か。富士太郎、待ち遠しいな」

「本当に待ち遠しくてなりません」

琢ノ介を見て、富士太郎は点頭した。

「早く生まれてくれないかと、それがしは首を長くして待っていますよ」

「その気持ちは、よくわかる。富士太郎は子を溺愛しそうだしな……」

「それはもう。生まれてきたら、それがしはむやみやたらにかわいがりますよ」

「それでいいんだ。子というものは、思い切り抱き締めて、かわいがればいいんだよ。それで、必ずよい子に育つはずなんだ」

「米田屋さん、よいことをおっしゃいますね」

「わしは、常によいことをいう男だからな」

そんなことを話しているうちに、秀士館の冠木門《かぶきもん》が見えてきた。

歩調を緩めることなく、富士太郎たちは秀士館の敷地に足を踏み入れた。まっすぐ道場の建物に向かう。

道場に近づくにつれ、竹刀《しない》を打ち合う音や鋭い気合が聞こえてきた。まだだ、負けぬぞ、この程度か、などという声も富士太郎の耳に届く。

秀士館の門人たちは、相変わらず激しい稽古をこなしているようだ。

連子窓《れんじまど》の前で足を止め、富士太郎と琢ノ介、伊助は門人たちの稽古風景を眺めた。

門人がまた増えたのか、恐ろしいほどの盛況ぶりだが、直之進と佐之助は防具をつけていないので、どこにいるのか、すぐに知れた。

直之進は、ほっそりとした感じの門人を相手にしていた。門人の打ち込みをしっかり受けて、ときに叱咤《しった》していた。

「直之進のやつ……」

富士太郎の隣で琢ノ介がつぶやいた。

「また強くなっておるな」

「えっ、そうなのですか」

びっくりして富士太郎はたずねた。

「ああ、まちがいない」

確信のある声で琢ノ介がいった。

「おそらく、読売屋のかわせみ屋のあるじだった庄之助との戦いが、直之進をさらに強くしたのだな。それは実感として、直之進もわかっておろう」

「ああ、そうなのですか」

もっとも、と琢ノ介が付け加えた。

「倉田のほうも、手がつけられんほど強くなっておるように見えるぞ」

「では、両者は互角ですか」

「互角かな」

すぐに琢ノ介が首をひねった。

「いや、今は直之進のほうがわずかに倉田を上回っているか……。だが、ほんのわずかな差でしかない」

「そのわずかな差を、倉田はわかっているのでしょうか」

「わかっておるだろうな。倉田どのほどの遣い手が、気づかぬはずがない」

ほっそりとした門人の稽古をつけ終えた直之進が、こちらを見る。にこりと笑った。

「なんだ、直之進のやつ、わしらがのぞき込んでいるのに、気づいておったぞ」

「さすがに直之進さんですね」

富士太郎たちは、秀士館剣術道場と大きく墨書《ぼくしょ》された看板が掲げられている出入口のほうに向かった。

そこには、すでに直之進の姿があった。稽古を中断したのか、道場内から気合も竹刀の音も聞こえなくなっている。

「富士太郎さん、琢ノ介、よく来たな」

満面の笑みで直之進がいい、伊助に目をとめた。

「おっ、伊助も一緒か」

「はい」

うれしそうに伊助がうなずいた。

「伊助、富士太郎さんの中間になったのか」

「珠吉さんが復帰するまでという約束で、務めさせていただいています」

「珠吉のな……。俺は、伊助は使える男ではないかとにらんでいた。しばらくのあいだとはいえ、伊助が富士太郎さんの中間になったのは、とても喜ばしいことだ」

「ありがとうございます」

深く腰を折って伊助が礼をいった。

「伊助、がんばってくれ」

笑顔で直之進が励ますと、伊助が決意を面に露わにした。

「はい、力の限りがんばります」

「その意気だ」

伊助から目を離し、直之進が富士太郎と琢ノ介を見る。

「それで、富士太郎さん、琢ノ介、今日はなに用かな。俺の顔を見に来たわけではあるまい」

一瞬、富士太郎はいい淀んだ。

「富士太郎は、直之進に用心棒を頼みたいんだそうだ」

横に立つ琢ノ介が前置きもなく、いきなりいったから、富士太郎は仰天した。

「ふむ、用心棒か……」

つぶやいた直之進が少し難しい顔になった。

「直之進、無理か」

「いや、そういうわけではないが……」

「無理ならば、直之進さん、けっこうですよ」

「いや、富士太郎さんが難しいとわかって頼んでくるということは、よほど大事な人の警護をしてほしいからだろう」

「その通りだ」

まじめな顔で琢ノ介が首肯する。富士太郎、と呼びかけてきた。

「直之進に誰を警護するか、伝えてよいな」

「もちろんです」

琢ノ介を見つめて、富士太郎は大きく顎を上下させた。その言葉を受けて、琢ノ介が口を開く。

「富士太郎が警護をしてほしいと思っているのは、与力の荒俣さまだ」

「荒俣どのか……」

「どうだ、直之進、頼めるか」

「構わぬが、なにゆえ与力を警護するのだ」

それですが、といって手短に富士太郎は直之進に語った。

「人頭税か……」

はい、と富士太郎は首を縦に動かした。わかった、と直之進がいった。

「まずは、川藤《かわとう》師範の了解を取らねばならぬ。富士太郎さん、琢ノ介、中に入ってくれ」

直之進にいわれて、富士太郎と琢ノ介は道場に上がり込んだ。中間の伊助は外で待つことになった。

直之進にいざなわれ、富士太郎は琢ノ介とともに、川藤仁埜丞《じんのじょう》が座す見所《けんぞ》に近づいた。

「これは樺山どの、米田屋さん、よくいらしてくれた」

にこやかに仁埜丞が挨拶してきた。仁埜丞の隣に座っている佐之助も会釈をしてみせる。富士太郎は二人に挨拶を返した。

「お二人とも、お座りなされ」

仁埜丞にいわれ、富士太郎と琢ノ介は見所の端に座した。

「もしや湯瀬師範代を借りたいと、おっしゃるのではないかな」

まだなにも富士太郎が用件を告げていないときに、ゆったりと笑いつつ仁埜丞が穏やかな声できいてきたから、富士太郎はびっくりした。

「おっしゃる通りです」

勢いよく身を乗り出して琢ノ介がうなずく。

「道場が盛況で手が足りぬのを承知の上で、直之進を用心棒としてお借りしたいのです」

すぐに琢ノ介のあとを引き継ぎ、富士太郎は理由を語った。

富士太郎の言葉を聞いて、仁埜丞が眉を曇らせる。横の佐之助は目を鋭くした。その目が光を発したように富士太郎には見えた。

「人頭税を廃そうと力を尽くしている荒俣どのが襲われたとは、看過できぬ。それで樺山どのは、湯瀬師範代に荒俣どのの警護をやってもらいたいのだな」

「さようです。お忙しいことは承知で、お願いしたいのです」

仁埜丞をまっすぐに見て、富士太郎は首を縦に動かした。琢ノ介が口火を切ってくれたおかげで、富士太郎自身、だいぶ頼みやすくなっていた。

つと富士太郎から目を外した仁埜丞が、直之進に眼差しを当てる。

「むろん湯瀬師範代に否やはなかろう。ことがことゆえ、わしは構わぬ。いや、むしろわしは湯瀬師範代の背を押したいくらいだ。湯瀬師範代にとって、荒俣どのは大恩ある御仁《ごじん》であろう。ゆえに湯瀬師範代、命に代えても荒俣どのをお守りいたせ」

強い口調で仁埜丞が命ずるようにいった。

「承知いたしました」

両手をついて直之進が頭を下げる。

「待ってくだされ」

いきなり高い声を発したのは、それまでなにもいわずに座していた佐之助である。

「その役目、俺に任せてもらいたい」

ぎらぎらした目で佐之助がいった。その獣のような顔つきに、富士太郎は驚いた。

仁埜丞も直之進も、目をみはって佐之助を見ている。

「倉田さまが……」

佐之助を凝視して富士太郎はつぶやくようにいった。樺山、と佐之助が呼びかけてきた。

「荒俣どのの警護は、別に湯瀬でなくとも構わぬのであろう。ちがうか」

「いえ、ちがいません。僭越《せんえつ》ないい方になりますが、それがしはとにかく遣い手を欲しております。倉田さんほどの遣い手が荒俣さまを守ってくださるのなら、ありがたいことこの上ありません……」

「それなら、決まりだ。俺が荒俣の警護に当たる。湯瀬、構わぬな」

有無をいわさぬ口調で佐之助が述べた。仕方ないなという顔で、直之進がうなずく。

「それほどまでにおぬしが荒俣どのの警護をしたいのなら、俺に異論はない」

「ありがたし」

喜びを嚙み締めるように佐之助がいった。

「しかし倉田。なにゆえそんなに荒俣どのの警護をしたいのだ」

直之進が佐之助にたずねた。佐之助が直之進を見据えるようにした。

「俺が、きさまに後《おく》れを取っているからだ。このままでは引き離される一方だ」

なに、と直之進が驚愕したような声を発した。しかし、琢ノ介はもちろん、仁埜丞も驚いた様子はない。

「そのようなことはあるまい」

真剣な眼差しを佐之助に注いで、直之進がいった。

「あるのだ。正直、俺はきさまだけには負けたくない。その思いで、俺はこれまでも剣に励んできた。だが、差が開きつつある。それをなんとしても縮めねばならぬ」

──ああ、米田屋さんがおっしゃっていた通りだね……。

「おぬしに負けたくないという一心で、俺も稽古に熱を入れたが……」

「むろん、荒俣どのの警護をしたことでなにが変わるということもあるまいが、俺としてはなんとかしたいという気持ちで一杯なのだ」

佐之助が好敵手《こうてきしゅ》として強烈な思いを直之進に対して抱いているのは知っていたが、まさかこれほどまでとは、富士太郎はさすがに知らなかった。

「樺山、荒俣どのの警護だが、そばについておればよいのか」

なにもなかったような平静な顔で、佐之助がきいてきた。

「いえ、そうではありませぬ」

すぐさま富士太郎は首を横に振った。

「倉田さん、陰警護ということで、お願いしたいのですが」

承知した、と佐之助が答えた。

「陰警護だろうがなんだろうが、俺は荒俣どのを必ず守りきる。樺山、大船に乗った気でおるがよい」

「はい、どうか、よろしくお願いします」

佐之助に向かって、富士太郎は深くこうべを垂れた。

こうして、土岐之助の警護を倉田佐之助が受け持つことが決まった。

「倉田師範代――」

仁埜丞が呼びかけてきた。

「おぬしが荒俣どのの警護をすることになった旨を、家人に知らせよう。でなければ、家人がおぬしのことを案じよう」

「それはかたじけなく存じます。どうか、よろしくお願いいたす」

「任せておけ」

にこりと笑って仁埜丞が請け合った。

二

今日も寒くてならない。

火鉢に入れられた炭も真っ赤になっているものの、詰所の大気を暖めきるまでに至っていない。

油断していると、土岐之助は体にぶるりと震えが走る。

――火鉢一つでは、まるで足りぬ。

しかし、今は諸事倹約《しょじけんやく》がいい渡されており、炭も切り詰めて使うように命じられている。

――だが、自前で購《あがな》うのであれば、二つめの火鉢を置いても構わぬのではないか。その分の炭も自分で買えばよい……。

そんなことを思いつつ、土岐之助は文机の上の留書をめくった。素早く目を走らせる。

「おや……」

留書の記載の一つに目をとめて、土岐之助は声を漏らした。

「なんだ、これは……」

読みまちがいではないか、と土岐之助は留書に顔を寄せ、じっくりと見た。最近は老眼が進み、細かい字は読み取りにくいが、懸命に文字を追う。

だが、読みまちがいなどではなかった。その留書によると、一昨日に富士太郎が捕らえた元大工の棟梁である源市が、昨日の夕刻、解き放ちになっているのだ。

――いったいこれはどういうことだ。

わけがわからず、土岐之助は首をかしげるしかない。

なにしろ源市は、酒を飲んだ末の口喧嘩を発端として匕首で人を刺し殺したのだから。殺したのが、大勢の者からうらみを買っていた鼻つまみ者の養吉というやくざ者だったからといって、こんなに早く解き放たれてよいわけがないのだ。

いや、早いとか遅いとかは関係ない。源市の罪状は明白なのである。いずれ裁きが行われ、死罪がいい渡されるのが当然のことで、生きて娑婆《しゃば》に出られるわけがないのだ。

——まこと、これはどうしたことだ。

土岐之助には、わけがわからない。

——なにかの手ちがいかもしれぬ……。

それしか土岐之助には考えられない。留書から顔を上げ、目を揉んだ。

「さて、まことに仮牢《かりろう》に源市はおらぬのか」

目を揉みながら土岐之助はつぶやいた。まずは、そのことを確かめなければならない。

「住吉——」

外の廊下に座しているはずの小者を、土岐之助は呼んだ。すぐに腰高障子が開き、住吉が顔をのぞかせた。

「はっ、お呼びでございましょうか」

冷たい風が吹き込んできたが、土岐之助は平然とした態度を崩さなかった。

「住吉、今から仮牢に行き、源市という男が解き放たれているかどうか、確かめてまいれ」

「承知いたしました。源市ですね。では、さっそく行ってまいります」

まじめな顔でいって、住吉が腰高障子を閉めた。ぴたっと風が入ってこなくなり、土岐之助は、ほっと息をついた。

住吉の足音が遠ざかっていく。土岐之助は、再び文机の上の留書に目を落とした。町奉行所の誰が担当したのか、署名のところに眼差しを注ぐ。

「源市の解き放ちに当たったのは、岩末長兵衛どのか……」

昨日、大門のところで出会った吟味方与力である。

「岩末どののほどのお方が、このようなまちがいを犯すものなのか……」

長兵衛は、三十年以上も吟味方与力を務めている古強者《ふるつわもの》である。

——妙だな……。

なにゆえこのようなまちがいが起きたのか。

昨日の夕刻、仮牢から小伝馬町の牢屋敷に移った時に、なにかの手ちがいで、解き放ちになってしまったのか。

――ふむ、そういうことかもしれぬ……。

とにかく、と土岐之助は思った。

――今は住吉が戻るのを待つしかあるまい。源市がまことに解き放たれていることがはっきりしたら、岩末どのに話を聞かなければならぬ……。

不意に土岐之助は喉の渇きを覚えた。すっかり冷めて氷水のように冷たくなった茶の残りを、喉に流し込んだ。

「うー、冷たい」

正直、土岐之助は冷たすぎる飲み物は、あまり好きではない。夏でも温かいもののほうが、おいしく飲めるのだ。

湯飲みを文机の端に置いたとき、足音が聞こえ、腰高障子に人影が映った。

住吉が戻ってきたのだな、と土岐之助は思ったが、昨日、襲われたばかりである。いくら町奉行所の中にいるといっても、油断はできない。

土岐之助は、背後の刀架《とうか》にかかっている刀をいつでもつかめる体勢を取った。

「荒俣さま」

腰高障子越しに住吉の声がした。

「住吉か。入れ」

はっ、と住吉が答え、するすると腰高障子が横に動いていった。敷居際で、住吉が一礼した。

ふっ、と土岐之助は体から力を抜いた。

「どうであった」

身を乗り出すようにして土岐之助はきいた。

「はっ、源市は解き放ちになっておりました」

むう、と土岐之助は心の中でうなり声を上げた。

「そうか。住吉、源市は小伝馬町の牢屋敷に移されたわけではあるまいな」

一応、土岐之助は確認した。

「はっ、そのことも仮牢のお役人にききましたが、まちがいなく源市は解き放ちになっているとの由《よし》でございます」

「そうか……」

——なんということだ……。

手ちがいにしても、これはいくらなんでもひどすぎる。土岐之助は腹が煮えてきた。住吉が敷居際にいるために詰所に風が吹き込んできているが、怒りが強すぎるせいで、寒さを感じなかった。

文机の上の留書を手に取り、土岐之助はすっくと立ち上がった。

「荒俣さま、お出かけですか」

「うむ、ちょっと出てくる」

「あの、外に行かれるのですか」

危惧の念を露わに住吉が見上げてきた。

「いや、住吉、安心してよいぞ。番所の外には出ぬ。吟味方与力の岩末どのに会いに行くだけだ。ゆえに住吉、供をせずともよいぞ」

「承知いたしました」

敷居際で、住吉が両手をそろえた。すぐに土岐之助のために横にどく。

留書を手に詰所を出た土岐之助は大股に歩いて、長兵衛の詰所前にやってきた。廊下に、土岐之助が名を知らない小者が一人、座している。

「わしは荒俣と申す者だが、岩末どのはおられるか」

近づいた土岐之助は小者にたずねた。土岐之助を見て小者が丁寧に一礼する。

「はっ、いらっしゃいます」

「いま会えるか」

腰を上げ、小者が腰高障子のほうへと体の向きを変えた。

「岩末さま、荒俣さまがいらっしゃいました」

「お入りになってもらえ」

間髪を容れずに長兵衛の声が返ってきた。

「承知いたしました」

すぐに小者が腰高障子を開けた。かたじけない、と土岐之助はいった。

長兵衛の詰所は八畳間で、真ん中に大きな文机が置かれていた。文机の上には書類が満載されていた。

詰所内には床の間があり、そこに刀架があった。刀架には、長兵衛の愛刀らしい刀がかかっていた。床の間を背にする形で、長兵衛が文机の前に端座していた。

文机の横に大火鉢が鎮座し、中の炭は真っ赤になっている。

土岐之助が部屋に入ると、小者の手で腰高障子が閉められた。

「荒俣どの、よくいらしてくれた」

笑みを浮かべて長兵衛が見上げてきた。

「突然、申し訳ない。実は、岩末どのにおききしたいことがありまして……」

「ほう、どんなことですかな」

小首をかしげていい、長兵衛が火鉢に手を伸ばした。

「それにしても、荒俣どの、今日も寒いですな」

「ええ、まったくです」

「ああ、どうぞ、お座りになってください。これをお使いくだされ」

壁際に寄せてある座布団を手に取り、長兵衛が渡してきた。

「かたじけない」

礼をいって受け取り、土岐之助は座布団を尻に敷いた。さすがにほっとする。特に、歳を取ると、そのありがたみが増してくる。

昔は、侍は座布団を使わないものだったと聞く。だが、今は武家も楽に流れ、座布団を敷く者も少なくない。

「それで荒俣どの、どうされたのですか。わしにききたいことがあるとのことだが、前触れもなくいらっしゃるとは……」

「実は、妙なことが起きているのです」

真剣な口調で土岐之助は告げた。

「妙なこととおっしゃると」

興趣を抱いたらしい顔つきで、長兵衛がきいてきた。

「こちらです」

土岐之助は、手にしていた留書を長兵衛に渡した。

「これはなんでしょう」

留書を文机に置いて長兵衛がきいてきた。

「とにかく、まず読んでくだされ」

「わかりました」

うなずいた長兵衛が、文机の上の留書に目を落とす。すぐに読み終え、顔を上げて土岐之助を見た。

「それで、荒俣どの、これのどこが妙なのですか」

思いもかけない言葉が返ってきて、えっ、と土岐之助は絶句しかけた。

「岩末どのは、おわかりになりませぬか」

意外な思いにとらわれた土岐之助は、即座に問うた。

「ええ、申し訳ないのですが……」

済まなそうに長兵衛が答える。

「元大工の棟梁の源市のところです」

「ええ、確かに、この留書には源市のことが記されておりますね」

もちろん書かれているのは源市のことだけでなく、他の多くの罪人のことも羅列されている。よく気づいたものだと、土岐之助自身、思わないでもない。

「源市は一昨日、殺しで捕まった男です。それが、どういうわけか、昨日の夕刻に解き放ちになっているのです」

「えっ」

さすがに長兵衛が驚きの表情になり、もう一度、留書を見直した。

「こ、これは……」

信じられないという顔で、長兵衛が声を途切れさせた。

「荒俣どののおっしゃる通りだ。源市は人を殺《あや》めたのでしたな」

「ええ、養吉というやくざ者です」

むう、と長兵衛がうなるような声を上げた。

「確かにわしの署名がここにある。しかしわしは、源市を解き放つような命を下した覚えがない……」

青ざめた顔色になった長兵衛は、唇をわななかせている。しばらく留書をにらみつけるようにしていたが、ふと目を土岐之助のほうに転じてきた。

「荒俣どの、どういうことか、調べてみるゆえ、少し時をいただけぬか」

「もちろん構いませぬ。調べ上げてくださると、助かります」

「承知しました」

「いま源市は、家に帰っているのでしょうか。もしそうなら、我が配下を向かわせ、しょっ引いてまいりますが、岩末どの、いかがいたしましょう」

「なにかの手ちがいでしょうが、ええ、源市をそのままにしておくわけにはまいりませぬ。荒俣どの、引っ立ててくださいますか」

「わかりました。では、さっそく配下を向かわせます」

「よろしくお願いいたす」

力のない声で長兵衛が頼んできた。

もうこれ以上、長兵衛にいうべきことは土岐之助にはなかった。

「では岩末どの、どうか、よしなにお願いいたす。それがしはこれにて失礼いたします」

頭を深く下げてから、土岐之助は立ち上がった。腰高障子を開け、廊下に出る。

土岐之助に向かって頭を下げてきた小者が腰高障子を閉める直前、土岐之助は振り返り、長兵衛をちらりと見た。

文机の長兵衛は難しい顔をして、なにか考え込んでいる様子だった。

――無理もあるまい。

そんなことを思いつつ、土岐之助は廊下を歩き出した。

――配下を源市の家に向かわせなければならぬな。誰がよいか。

足を急がせた土岐之助は思案をはじめた。

三

秀士館を出て最初の辻で、富士太郎が足を止めた。中間の伊助も立ち止まる。琢ノ介も同様である。

富士太郎が済まなそうな目で佐之助を見る。

「倉田さん、申し訳ないのですが、我らはここで失礼させていただきます」

「樺山たちは、これから縄張の見廻りに出るのだな」

「おっしゃる通りです」

「では、俺は番所にまっすぐ行き、外から荒俣どのの警護に当たればよいのだな」

「さようです。今日、荒俣さまは詰所からまず出ぬはずです。御奉行からは、明るいうちに屋敷に帰るようにいわれているらしく、おそらく七つ頃には、番所を出られるのではないでしょうか」

「七つだな。うむ、わかった」

「多分、荒俣さまが帰られる際には、御奉行のご家臣が何人か警護につくはずです。ですので、帰路《きろ》はさほど心配はいらないと思うのです」

「承知した」

「それから倉田さん、荒俣さまの屋敷の警護については、五つまででけっこうです」

「なにゆえだ。もし荒俣どのが襲われるとしたら、深夜が最も狙われやすいのではないか」

「いえ、奥方が荒俣さまを守ってくださるはずなのです」

「奥方が……」

怪訝な顔で佐之助はきいた。

「はい。荒俣さまの奥方は、薙刀《なぎなた》の達人なのです」

「それはすごい。だが、達人といっても、女なのだろう」

高《たか》が知れているのではないか、と佐之助は思った。女を馬鹿にしているわけではない。力からして男とはちがいすぎ、勝負にならぬだろうと思うのだ。

「さようですが、奥方はとにかく強いと評判なのです」

そうか、と佐之助はとりあえずいった。

「それでも樺山、できるなら一晩、用心棒を務めさせてもらいたい。もし奥方に夜間の警護を任せても大丈夫だということが確信できれば、俺は引き上げることにしよう」

「わかりました」

まじめな顔で富士太郎がうなずいた。

「それでけっこうです。倉田さん、荒俣さまの警護をどうか、よろしくお願いいたします」

「安心しろ。俺は必ず守る」

佐之助が力強くいうと、富士太郎が感謝と安堵の色を同時に面に浮かべた。

「樺山、では俺は行くぞ。おぬしも荒俣どののことは気にかけず、一心に仕事に励め」

「わかりました。では、これにて失礼いたします」

富士太郎がいい、伊助が頭を下げてきた。

「わしも根津のほうへ行くゆえ、倉田とはここでお別れだ」

それまで黙っていた琢ノ介が口を開いた。

「きさまも商売に励むのだな」

「その通りだ。働かぬと、おまんまの食い上げだ」

「平川、きさまこそ、荒俣どのの用心棒を引き受けたかったのではないか」

「ああ、引き受けたかった」

琢ノ介があっさりと認めた。

「そのことは秀士館へ向かう途中、富士太郎にもいったのだが、残念ながら今のわしの腕では、用心棒は無理だな。とてもではないが、警護すべき者を守り切れん」

「そんなこともあるまいが……」

以前、佐之助は琢ノ介と真剣を交えたことがある。琢ノ介の粘り強い戦いぶりは、用心棒として最も賞賛されるべきものだった。

ふっ、と息をつき、佐之助は琢ノ介を見た。

「とにかく、米田屋の大黒柱はきさまだ。荒俣どのの用心棒は俺に任せ、商売に専心するがよかろう」

「そうさせてもらう。倉田が荒俣さまの警護についてくれるのなら、わしも安心して商売に励めるというものだ」

「うむ、任せておけ」

胸を叩くように佐之助は請け合った。

「では、これでな」

琢ノ介と富士太郎、伊助に別れを告げた佐之助は冷たい大気を吸い込んでから、南町奉行所に向かって一人、歩きはじめた。

——しかし、俺が番所与力の警護を買って出ることになるとはな……。

冷たい風に吹かれつつ、佐之助は自嘲《じちょう》気味に思った。

——やはり俺は焦っておるのだろうな。

じっと前を見据えて歩きながら、佐之助はそんなことを考えた。

——そうだ。焦っているに決まっておる。

なにに対して焦りがあるのか。

秀士館の道場でもはっきり口にしたが、答えは明白である。

湯瀬直之進に対してだ。

今の湯瀬は、恐ろしいまでの強さを誇っている。庄之助というすさまじい剣の達人と戦い、それを討ったことで、また一段、高みに登ったのである。

――今の俺では、湯瀬に敵《かな》わぬ。

佐之助は、そのことを認めざるを得ない。だが、このままにしておくつもりもない。長年、宿敵だった男に業前《わざまえ》で引き離されて、黙っていられるはずがない。

佐之助は、すぐにでも湯瀬に追いつきたいのだ。

――いや、追いつくだけでは駄目だ。一気に抜き去るくらいでないとな……。

その強い思いが、焦りとなってあらわれているのだろう。だからこそ、湯瀬に持ち込まれた荒俣の警護を、ここぞとばかりに自ら買って出たのである。

荒俣を狙う刺客を倒したからといって、にわかに腕が上がるわけではないのは、よくわかっている。

だがそれでも、と佐之助は思うのだ。

――真剣での戦いほど、腕を伸ばすのにいい手立てはない。

それゆえに、佐之助は恐ろしく強い相手を渇望している。

――庄之助に匹敵するだけの腕前の刺客が襲ってこぬものか。それを一人で倒すことができれば、湯瀬を超えるだけの業前を、おのがものにできるのではないだろうか。

――必ずやそうなろう。

だからこそ、佐之助は強く願わざるを得ないのである。

強敵よ、出てこい、と。

気づくと、いつしかあたりが繁華《はんか》になっていた。人通りも、それまでとは比べものにならないほど多くなっている。日本橋に入ったのだ。

人波に揉まれるような気分を味わいつつ、そのまま歩を進めた佐之助は、南町奉行所の大門の前にやってきた。

大勢の者が大門を出入りしている。そのほとんどは訴訟で在所《ざいしょ》から出てきた者たちであろう。

足を止め、佐之助はあたりの気配をうかがった。南町奉行所の付近に、剣呑《けんのん》さは漂っていない。

――荒俣を狙う者は、今のところ、この近くにはおらぬようだな……。

少し歩いて、佐之助は南町奉行所の大門から半町ほど離れた用水桶の陰に立った。身じろぎ一つせず、大門を見つめる。

いま刻限は、昼の九つを回ったくらいであろう。さすがに腹が減ってきたが、用心棒としては我慢するしかない。下手に南町奉行所から目を離し、土岐之助が予定を変更して外に出てきたら、どうしようもなくなる。

ふと、佐之助は尿意も催した。

――仕方あるまい。

あたりから人影が切れたところを見計らい、こんな真似はしたくないが、と思いつつ、用水桶の陰に回り、立ち小便で済ませた。

その後も佐之助はひたすらじっとしていた。

――やはり、待つのは楽ではないな。

用心棒という仕事は、苦行《くぎょう》の部分が多い。だからといって、土岐之助の警護を引き受けたことに対して、佐之助は一切、後悔していない。

ひたすらじっと立って待つうちに、七つの鐘が聞こえてきた。

――やっと七つか。ならば、じきに荒俣が出てくるかもしれぬ。

顔を上げ、佐之助は西の冬空を見た。だいぶ暮色《ぼしょく》が増してきている。

一陣の風が吹き寄せてきて、路上から土煙を巻き上げていく。砂埃《すなぼこり》が目に入らないように佐之助は目を伏せた。すぐに、おや、とつぶやいて顔を上げた。

南町奉行所の大門を一人の侍が出てきて、あたりを警戒するように見回したのが見えたのだ。その侍はすぐに背後を振り返り、誰かを手招くような仕草をした。

その直後、羽織袴《はおりはかま》に身を包んだ侍が出てきた。荒俣土岐之助である。

——やはり来たか。

ゆったりとした身ごなしで、土岐之助が道を歩きはじめる。四人の侍が、さっと動いて土岐之助の前後についた。

——あの四人が、樺山がいっていた町奉行の家臣だな。

一見したところ、いずれも、あまり剣は遣えそうにない。もしすさまじいまでの腕の持ち主が襲ってきたら、まず土岐之助を守り切ることはできないだろう。

土岐之助に腕利きの用心棒を陰ながらつけるという町奉行の曲田の判断は、正しいとしかいいようがない。

もう一人、小者らしい若い男が土岐之助に従っている。

今のところ、土岐之助一行の近くには胡乱《うろん》な者はいないように見える。土岐之助は、組屋敷《くみやしき》のある八丁堀を目指しているようだ。

——よし、俺も行くか。

すぐさまほっかむりをした佐之助は、土岐之助たちのあとを追いはじめた。

しかし、土岐之助は八丁堀にまっすぐ向かわなかった。

——どこに行くつもりだ。

佐之助は意外な思いにとらわれた。

——まさか飲み屋ではあるまい。

驚いたことに土岐之助は、まるで定廻り同心のように日本橋の町々の自身番を巡りはじめたのだ。本石町《ほんこくちょう》、本小田原町《ほんおだわらちょう》、長浜町《ながはまちょう》などの自身番である。

それらの町は南町奉行所から八丁堀の組屋敷に戻るには、まちがいなく遠回りになる場所にある。

——荒俣は、いったいなにをしておるのだろう……。

気にかかって佐之助は、土岐之助が日本橋本船町《ほんふなちょう》の自身番に入ったとき、なに食わぬ顔をして自身番に近づいた。

警護の侍たちは、自身番の戸口の前で渋い顔をしている。土岐之助がさっさと八丁堀の屋敷に帰らず、寄り道しているのが気に入らないのだろう。

佐之助は本船町の自身番の横に回り、壁に張りついた。警護の侍たちからは死角になっている位置だ。警護の侍たちは、すぐそばに佐之助がいることに気づかない。

自身番の中で土岐之助がどんな話をしているのか、佐之助は耳を傾けた。

井倉という言葉をまず耳が拾った。

――井倉……。

頭に浮かんできたのは、若年寄を務めておる井倉下野守である。井倉という珍しい名字を持つ者を、佐之助はほかに知らない。

次いで若年寄という言葉も聞こえてきた。土岐之助がいった井倉というのは、井倉下野守でまちがいないようだ。

土岐之助は、井倉下野守の評判を、自身番の町役人《ちょうやくにん》たちにきいて回っているらしい。

――荒俣は、なにゆえそのような真似をしておるのか……。

「さて、井倉下野守さまの悪口など聞いたことがありません」

今度は町役人らしい男の声が、佐之助の耳にはっきりと入ってきた。

――悪口だと……。

土岐之助は井倉下野守の悪評を拾っているのか。

――それでどうするつもりなのか。

井倉下野守を要職から蹴落《けお》とせるだけの種を探そうとしているのか。

次に聞こえてきたのは、うらみ、という言葉だった。

――うらみだと。

「いえ、井倉下野守さまにうらみを持つような者を、手前どもが知っているはずがございません」

――井倉下野守にうらみを持つ者か……。

これはつまり、井倉下野守を狙う者がおるということではないのか。

自らが襲われたというのに、土岐之助は人の心配をしているようだ。

あるいは、と佐之助は思った。

――荒俣を襲った者と、井倉下野守を狙っている者が、同一人物だと考えているのかもしれぬな……。

井倉下野守の評判をきいて回り、もし胡散臭《うさんくさ》かったり、怪しかったりする者が探索の網に引っかかってきたら、すぐさまその者を調べるというのが、土岐之助の算段なのではないか。

きっとそうにちがいあるまい、と佐之助は思った。

だが結局のところ、土岐之助は本船町の自身番では手がかりは得られなかったようだ。町役人に礼をいって、やや力のない足取りで外に出てきた。

「荒俣さま、じきに日が暮れます。その前にお屋敷に戻りましょう」

警護の侍に諭《さと》されるようにいわれた土岐之助は、まだ自身番巡りに未練があるような風情だ。しかし、今日はこれで切り上げようと思ったか、警護の侍にうなずいて、八丁堀のほうに向かって足を踏み出した。

警護の侍がいうように、すでにだいぶ暗くなってきている。まだ提灯《ちようちん》を必要とするほどではないが、夜の気配は確実に近づきつつあった。

風も冷たさを増し、寒さが身を縛りつけてくるようだ。風は強さも増してきており、戸が揺れたり、土煙が巻き上げられたりする音が、佐之助の耳にしきりに届く。

――あと四半刻もせぬうちに、暮れ六つの鐘が鳴り出そう。

結局、誰も襲ってくる者はないままに、土岐之助は無事に八丁堀の屋敷に戻った。

八丁堀の界隈には、町奉行所の与力や同心の屋敷が建ち並んでいる。与力の屋敷は冠木門を構えているから、一目でそうと知れる。その上、同心の倍以上の敷地がある。

——ちとまずいな……。

佐之助は眉根を寄せた。荒俣屋敷前の路上には、身を隠せるようなところがないのだ。その場に棒のように突っ立っているわけにもいかない。

そんなことをしていたら、すぐにでも近所の者が駆けつけ、誰何《すいか》してくるだろう。その者に、佐之助がここにいる本当の理由を告げるわけにもいかない。仮に真実を話したところで、信じてもらえないのではないか。逆に胡乱な者として、捕らえにかかってくるにちがいない。

ふと、土岐之助を警護してきた侍たちが、ぞろぞろと母屋を出てくる気配が伝わってきた。ここにいては、その者たちに見つかってしまう。

——しようがあるまい。

左右の路上に人影がないことを確かめた佐之助は、ためらうことなく荒俣屋敷の塀に向かって駆けた。

跳躍するや塀をひらりと乗り越えて、屋敷内の地面に降り立った。間を置くことなく木陰に身をひそめる。

背後の塀の向こうを、四人の侍が足早に歩いていく足音が聞こえてきた。佐之助はしばらく、近くに見えている母屋《おもや》に目を当て、中の気配を探っていた。

どうやら、佐之助が忍び込んだことに気づいた者は、いないようだ。屋敷からは、ただ平穏さだけが伝わってくる。

――荒俣の奥方も気づかなんだようだな。

不意に佐之助は空腹を覚えた。これは、母屋から吸物らしいにおいが漂ってきているせいである。

――なにしろ、俺は昼すら食べておらぬゆえな……。

この吸物は荒俣の奥方がつくっているのだろうか。そんなことを佐之助は考えた。

――しかし寒いな。

夜の到来と同時に寒さが増してきた。木陰にいるから風はさほど吹き込んでこないが、底冷えがするというのか、足元がかなり冷たくなってきている。その冷たさが、じんわりと全身に及ぼうとしていた。

だが、この程度のことで弱音を吐いてはいられない。

――俺は湯瀬に、なんとしても追いつかねばならぬのだ……。

なにかを変えないと、このままでは本当に引き離されるだけである。

――この流れを変えるには、やはり強敵と相まみえることが一番だろうな。

佐之助は心中で深くうなずいた。

しかし湯瀬のことを考えたせいなのか、わずかに気の緩みがあったようだ。何者かが駆けるように近づいてくる気配に気づくのが遅れた。

いきなり三間ばかり先に、人影があらわれた。はっ、として顔を上げた佐之助は一瞬、ぎくりとしたが、すぐに、目を鋭くした。

人影はなにやら長い物を手にし、それを斜めに構えていた。

――槍か。

ちがう。

――薙刀だな。

そこで薙刀を構えているのは、どうやら女のようだ。

――これが荒俣の奥方か。

まずまちがいなかった。

目をそらすことなく佐之助がじっと見ていると、その眼差しを感じ取ったかのように、奥方が大股に近づいてきた。そこに佐之助がひそんでいることに、明らかに気づいている様子である。

――先ほど俺が漏らした気配を感じ取り、奥方は庭に出てきたのか……。

だとしたら、女にしてはすごい遣い手だとしか、いいようがない。

――樺山の言は、決して大袈裟ではなかったのか……。

それでもまだ佐之助には余裕がある。

「おのれか。私の大事な旦那さまを襲ったのはっ」

叫ぶやいなや、奥方が大きく踏み出しざま、いきなり薙刀を振り下ろしてきた。その斬撃は佐之助がひそんでいる檜《ひのき》の大木を、斬り倒さんばかりの勢いだ。

――いや、俺が荒俣を襲ったわけではない。おぬしの思いちがいだ。

しかし、ここで申し開きをすることはできない。しかも、奥方が振り下ろしてきた薙刀は考えていた以上に鋭く、目にもとまらぬ速さだった。

だが、さすがに檜を両断することはできぬ、と佐之助は思っていた。

しかし、驚いたことに薙刀の刃が檜の大木を回り込んできた。奥方は、峰に返した刃の反りと柄《え》の弾力をうまく利しているのだ。

――これは……。

仕方なく佐之助は刀を引き抜き、眼前に迫ってきた薙刀を弾き上げた。

がきん、と鉄同士が打ち合う音がし、強烈な手応えが佐之助の腕に残った。手にしびれが走る。生半《なまなか》な腕の者なら、刀を取り落としても不思議はないすさまじい斬撃だ。

——これはまた……。まことに女なのか。男でもこれだけの遣い手はそうはおらぬ……。

檜の脇に回り、さらに踏み込んで奥方が薙刀を横に払ってきた。ぐおん、という音が聞こえてきそうなほどの迫力で、刃《やいば》が佐之助の腹を切り裂こうとする。

後ろに跳びすさることで、かろうじて佐之助は斬撃をかわした。

佐之助を追うようになおも踏み込んできた奥方が、今度は下から薙刀を振り上げてきた。それを横に動くことで佐之助はぎりぎりよけてみせたが、体をくるりと回転させて奥方が薙刀を勢いよく薙《な》いできた。

体の回転が加わったことでその斬撃はさらに速さを増しており、佐之助には一瞬、薙刀の動きが見えなかった。

ぴっ、と腹のほうで音が聞こえた。確かめるまでもなく、佐之助は薙刀が着物をかすっていったことを知った。

——奥方は、本気で俺を殺《や》ろうとしておる。ふむ、本気で荒俣に惚れておるのだな……。この世で最も大事にしておるのであろう。

その荒俣を襲った者に対する奥方の怒りの強さが、わかろうというものだ。奥方が右腕だけで薙刀を突いてきた。切っ先はまっすぐ進み、佐之助の顔を狙ってきている。

佐之助は刀で薙刀を打ち払った。

だが、その次の瞬間には、奥方の手からまた突きが放たれていた。

——決して軽くない薙刀で、続けざまの突きを繰り出してくるとは……。

奥方の腕力のすごさに、佐之助は舌を巻くしかなかった。顔を動かすと同時に体を開くことで、奥方の突きを避ける。

だが、そのときにはすでに奥方は次の攻撃に移っていた。なおも踏み込むや、真《ま》っ向《こう》上段から薙刀を振り下ろしてきたのだ。

その斬撃を佐之助は刀の峰で、がっちりと受け止めた。だが、両膝ががくりと折れるほどの強烈さだ。

間髪を容れずに奥方が薙刀を振り上げ、袈裟懸けに振り下ろしてきた。

そのときには佐之助は膝と腰、背中に痛みを覚えていた。薙刀を何度か受け止めたために、体のあちこちが悲鳴を上げはじめたようだ。

情けない、と一瞬、思ったが、佐之助はその痛みを感じたことで、まだ鍛えていないところがあることに気づいた。

――つまり、俺には伸びる余地があるということだ。

そのことを気づかせてくれたことがありがたかった。目の前の奥方が本気でかかってきたおかげである。

――だが、これ以上はやっても無駄だ。戦う意味はない。

奥方にやられることはなさそうだが、下手をすると怪我をしかねない。奥方はそれだけの腕を誇っている。

――これだけの遣い手ならば、秀士館に師範代として招いてもよいかもしれぬ。

そんなことを考えつつ、またも奥方が繰り出してきた突きを佐之助はかわした。同時に体をくるりと返すや、刀の峰を肩に置いて走り出した。

「あっ――」

奥方があわてたような声を上げた。

「待てっ」

むろん、そういわれたからといって佐之助に足を止める気はない。

――また会おう。

心で奥方に告げて、佐之助は塀に向かって跳躍《ちようやく》した。

「逃げるとは卑怯なり」

甲高《かんだか》い声で奥方が叫んだ。そのときには佐之助は道に着地していた。

さすがにもう追ってこぬだろう、と高をくくっていたが、冠木門のくぐり戸がいきなり開き、襷掛《たすきが》けをした奥方が姿をあらわした。これには、さすがの佐之助も驚きを隠せなかった。

——なんと、しつこい。

嘆息して佐之助は再び駆け出した。

「待てっ」

薙刀を振りかざして、奥方が怒鳴るようにいい、走りはじめた。

むろん、佐之助の足が止まることはない。一気に八丁堀の組屋敷の外に出た。

それでも、薙刀を手に奥方はしばらく追ってきていたが、足の速さでは佐之助に追いつけるはずもなく、一町ほど走ったところで、ようやくあきらめたようだ。屋敷にいる土岐之助の身を慮《おもんぱか》って、端から深追いをする気がなかったのかもしれない。

それがわかって、佐之助はほっと息をついた。奥方の気配がだいぶ遠ざかり、静かに足を緩める。

――しかし女とはいえ、あれだけの遣い手がおるのなら、樺山がいう通り、夜間は荒俣の警護につかずとも大丈夫だろう。

仮に夜間も警護するにしても、身を隠した場所で少しでも気を緩めたら、またあの奥方が襲ってくるにちがいないのだ。

――腕を上げる恰好の機会になるかもしれぬが、それはさすがに願い下げだ……。

明朝は夜明け前から荒俣屋敷に出張《でば》ることに決め、佐之助は音羽町《おとわちよう》にある家に引き上げることにした。

――うむ、それがよかろう。

きっと妻の千勢は、佐之助の無事な帰りを待っているにちがいない。娘のお咲希も佐之助の戻りを待ちかねているのではあるまいか。

そう思ったら、佐之助の足は自然に速まっていた。

四

薙刀を手に、菫子が戻ってきた。

「無事であったか」

玄関の式台に下りて、土岐之助は菫子に声をかけた。

「そなたがなかなか戻らぬから、案じておったのだ」

「あなたさま――」

土岐之助を見るやいなや、菫子が凜とした声を発した。

「居間でじっとしているように、私はいいました。なにゆえ、玄関まで出てきているのですか」

目を怒らせて菫子がいった。

「そなたのことが心配だからに、決まっておるではないか」

「心配だからといって玄関に出てきて、あなたさまになにができるというのですか。賊を討てるのですか」

「討てるさ」

ほとんど強がりで土岐之助は答えた。

「嘘です」

土岐之助を見つめ、菫子が決めつけるようにいった。

「嘘などではない」

肩を張って土岐之助はかぶりを振った。

「いいえ、嘘です」

「なにゆえ嘘だといいきれるのだ」

「あなたさまの眉が、ぴくぴくと動いておるからです。あなたさまは嘘をつくと、必ず眉がぴくぴくするのです」

「なにっ」

それは知らなかった。我知らず土岐之助は眉に触れていた。

「動いてなどおらぬぞ」

「ええ、今は動いておりませぬ。今はその口が嘘をついておらぬからです」

――やはり菫子には敵わぬな。

ふう、と土岐之助は息をついた。

「そなた、怪我はないか」

最も気にかかっていたことを、土岐之助はたずねた。

「ええ、どこにも怪我は負っておりませぬ」

それならよいのだが、と土岐之助はいった。

「それで、賊はどうした」

「逃がしました」

無念そうに菫子がうつむく。

「えっ、そうなのか。そなたの腕をもってしても、逃したのか」

はい、と菫子が顎を引いた。きゅっと唇を嚙み締めた。

「菫子、まあ、上がるがよい。居間で話を聞こう」

「わかりました」

少し疲れた顔で菫子が土間に薙刀を立てかけ、式台に上がってきた。土岐之助は先に立って廊下を歩いた。後ろに菫子がついてくる。

「まことに賊は、庭にひそんでおったのだな」

居間の真ん中に座し、土岐之助はすぐさま問うた。

「さようです」

土岐之助を見返して、端座《たんざ》している菫子が認める。

「相当の遣い手でした」

「ほう、そうだったか。そなたが捕らえることができなかったのだ。相手が遣い手だったのはまちがいあるまい」

「しかし、なにか腑に落ちませぬ」

眉間にしわを寄せて菫子がいった。

「なにが腑に落ちぬのだ」

すかさず土岐之助はきいた。

「あの男には、やる気がまるで感じられなかったのです」

「やる気というのは」

「私が薙刀で斬りかかっていっても、よけるだけで、まったく反撃してこなかったのです。少し危うくなったときだけ、刀を遣ってきました」

「ほう、そうなのか」

「あの男は殺気は微塵《みじん》も発せず、降りかかってきた火の粉《こ》だけを払うという態度でした。あの男には、ずいぶんと余裕がありました。私の薙刀での斬撃を立て続けに食らって、あっさり受け流せる者など、江戸広しといえども、そうはおらぬでしょう」

「ならば、刺客はまことにすごい腕の持ち主だったのだな」

はい、と菫子がうなずいた。

「でもあなたさま、刺客というよりも、むしろ警護の者という感じが強くいたしました」

「警護の者だと……」

「あなたさまが私に内緒で用心棒をつけたというようなことはまずないでしょうから、他の人があなたさまの身を案じて密かにつけたのかもしれませぬ」

それは驚きだな、と土岐之助は思った。

「ならば、陰警護ということか」

「まさしくその通りでありましょう」

「しかし、わしにそのようなことをする方は、ただ一人しかおらぬのではないか」

「御奉行でございますね」

「そうだ。菫子、庭にひそんでいた者はどのような男だった。顔を見たか」

勢い込んで土岐之助はきいた。

「いえ、ほっかむりをしておりましたし、暗かったものですから……。しかし、どのような事態に陥っても、決して落ち着きを失わぬ男に見えました」

——決して慌てふためかぬ男か……。

なんとなくだが、土岐之助は湯瀬直之進か、倉田佐之助のどちらかのような気がした。

——もしそのどちらかがわしの警護についてくれたとしたら、まちがいなく富士太郎の働きであろう……。

わしの警護についてくれたのは、と土岐之助は思った。

——おそらく倉田佐之助どのではないか。

土岐之助はそんな気がしてならない。


翌十二月四日の朝がきた。

今日も冷え込んでおり、寒がりの土岐之助は起床するのに時がかかった。

出仕の刻限の四半刻前に、曲田の四人の家臣が荒俣屋敷に姿をあらわした。

「いつも済まぬ」

雪駄を履いて玄関を出た土岐之助は、四人に頭を下げた。玄関先の腰かけに腰を預け、女中の喜代実が淹れた茶を、目を細めて喫していたが、土岐之助を見るとすぐに立った。

「いや、そのままでよい」

座るようにいったが、四人は立ったままである。

そこに菫子がやってきた。四人とまず朝の挨拶をかわす。それから、あなたさま、と呼びかけてきた。

「私も御番所までご一緒させていただきます」

いきなり菫子がそんなことをいったから、土岐之助は驚いた。四人も目をみはって菫子を見ている。

「菫子、なにゆえ一緒に来るというのだ」

「もちろん、あなたさまと一緒に少し歩きたいからでございます」

すました顔で菫子が、しらっと口にした。

――なんだ、これは。

すぐさま土岐之助は思案した。昨夜、庭にひそんでいた男は陰警護の者であると土岐之助も菫子も確信しているが、もし万が一、刺客が同じような業前だった場合、四人だけでは防ぎきれない。

――そうか、そのことを菫子は恐れておるのだな……。

曲田家の四人では、とうてい敵《てき》し得ないと菫子は判断しているのだろう。それだけ昨夜、庭にいた男は強かったということだ。

――しかし、菫子が警護してくれるというのなら、これ以上、安心できることはない。

菫子はさすがに薙刀は手にしていない。懐に短刀くらいはのんでいるかもしれないが、これぞという得物《えもの》は所持していないようだ。

――いざとなれば、わしの刀を遣う気でおるのだろう……。

土岐之助たちは屋敷を出て、南町奉行所を目指して歩きはじめた。菫子に曲田家の四人の侍、そして小者の住吉が供についた。

実際のところ、菫子が警護についてくれたおかげで、土岐之助は心の底から安堵することができた。

――菫子がいるといないのとでは、まこと大ちがいだな。

「怪しい者は近くにはおりませぬ」

歩きながらあたりを見回した菫子が、土岐之助の耳に口を寄せてささやきかけてきた。

「くすぐったいな」

菫子の息が吹きかかって、土岐之助は身をよじらせた。

「あなたさま、年甲斐もなく、なにをされているのです」

あきれ顔で菫子がいった。

「いや、まことにくすぐったかったのだ。仕方あるまい」

「とにかくあなたさま、近くに怪しい者はおりませぬ。安心してください」

うむ、と土岐之助はうなずいた。

「そなたが一緒ゆえ、わしはずっと安心しておるぞ」

菫子の言葉通り、なにごともなく土岐之助は南町奉行所に到着した。

「では、私はこれで失礼いたします」

土岐之助を大門まで送り届けたことで、自分の使命を果たしたと考えたか、菫子が辞儀をしてきた。

「菫子、屋敷に戻るのか」

「はい、そのつもりです」

むっ、と小さくうなって、土岐之助は菫子を見つめた。

「菫子、そなた、嘘をついておるな」

「いえ、ついておりませぬ」

土岐之助を見返して、菫子がかぶり振った。

「いや、ついておる」

決めつけるように土岐之助はいった。

「なにゆえそのようなことを、おっしゃるのですか」

「そなたの指が、着物をつまんでおるからだ」

「えっ」

声を漏らして、菫子が下を見る。菫子は指の先で着物の腰のあたりをまさぐっていた。

「これがどうかしたのですか」

不思議そうに菫子が見上げてくる。

「指で着物をつまみ、しきりにねじっているときは、そなたはたいてい嘘をついておる」

「ええっ」

菫子は、心の底から驚いた顔である。

「まことでございますか」

「ああ、まことだ」

「癖というのは、本人ではなかなか気づかぬものでございますね」

「まあ、そうだな。わしも、自分が眉をぴくぴくさせているとは、とんと気づかなんだ」

あなたさまは、と菫子がいった。

「私の嘘をつくときの癖に、いつから気づいておられたのでございますか」

「なに、一緒になってすぐよ」

こともなげに土岐之助は答えた。

「ええっ」

そのことにも菫子は仰天したようだ。

「では、これまでの二十二年間、気づいていたにもかかわらず、ずっといわずにいたというのでございますか」

「まあ、そうだ。別にいう必要もないと思ったしな……」

はあ、と菫子が大仰にため息をついた。

「私は、あなたさまのその気の長さに感服いたします。畏《おそ》れ入りました」

土岐之助に向かって、菫子が深々と頭を下げてきた。

「それで、菫子、そなた、本当はこれからどうするつもりなのだ」

「しばらく御番所のそばにいて、まことに怪しい者がおらぬか、探ってみようと思っています。怪しい者がおらぬのがはっきりしたら、屋敷に戻ります」

菫子の指は、着物をつまんでいなかった。

「そうか。済まぬな、わしのことで心配をかけて……」

「いえ、夫婦ですから、それは当然のことでございますよ」

にっこりと笑った菫子が四人の侍に丁寧に腰を折って、その場を立ち去った。

「待たせたな」

四人にいって、土岐之助は大門をくぐり抜けた。玄関を入り、廊下に上がったところで四人と別れた。

住吉だけを連れて詰所に行き、土岐之助は火鉢に火を入れるように命じた。刀架に刀を置いてから、曲田がいるはずの御用部屋に向かった。

まだ千代田城に登城しておらず、曲田とはすぐに会うことができた。

「おはよう、荒俣」

「おはようございます」

土岐之助は曲田と挨拶をかわした。

「荒俣、顔色はよいな。なにかあった顔ではないようだが、どうかしたか」

「はっ」

すぐさま土岐之助は、昨夜、怪しげな者が屋敷内の庭にひそんでいたことを告げた。

「怪しい者だと」

土岐之助を見て曲田が眉根を寄せた。

「ただ、我が妻がその者は追い払いました」

「そなたの奥は、薙刀を遣うとは聞いていたが、それほどの腕前なのか」

「かなりのものでございます。達人といってよかろうと存じます」

「ならば、要らなかったかな……」

そんなことを曲田がつぶやいた。

「はっ、要らなかった、でございますか」

「あとで話す。そなたの奥《おく》が追い払ったあと、なにごともなかったのか」

「ありませんでした。ただ、その妻が妙なことを申しまして……」

「妙なことというと」

興味をそそられたようで、曲田が身を寄せてきた。

庭にひそんでいた男に菫子とやり合う気がまるでなかったことを、土岐之助は語った。

「賊とおぼしき者には、戦おうという気がまったくなかったというのだな」

「御意《ぎょい》」

荒俣、と目に真剣な光をたたえて、曲田が呼んできた。

「それは、陰警護の者かもしれぬ」

やはりそうか、と土岐之助は思った。

「なんだ、荒俣。わかっていたようだな」

土岐之助の表情を目ざとく読み取ったらしく、曲田が苦笑する。すぐにどういうことか、事情を曲田が述べた。

「誰がそれがしの陰警護についているのでございますか」

「そなたも存じておろう」

曲田が伝えてきたのは、案の定、倉田佐之助だった。

「昨日、見廻りから戻ってきた樺山から聞いた」

――やはり倉田どのだったか。これは心強いな……。

昨夜、戦った菫子が舌を巻く強さだったのも、当たり前のことでしかない。

「安心したか」

にこりと笑って、曲田が土岐之助の顔をのぞき込んできた。

「大船に乗った気分というのは、まさにこういうことを申すのでありましょう」

「骨折りをしてくれたのは、樺山だ。よく礼をいっておくがよい」

「承知いたしました」

曲田に低頭して、土岐之助は御用部屋を辞し、詰所に向かった。

すでに火鉢に炭は熾きており、詰所の中は暖かくなりつつあった。

「住吉はさすがに手際がよいな」

「いえ、なんということもありません」

一礼した住吉が腰高障子を開け、外に出ていく。

土岐之助は文机の前に座した。書類が山積みになっている文机の端に、ほかほかと湯気を上げる湯飲みが置かれていた。

湯飲みを手に取り、茶を一口飲んで土岐之助は留書の一つを開いた。

それには、富士太郎の昨日一日の動きが詳《つまび》らかに書かれていた。その上で、井倉下野守の悪い評判やうらみに思っている者については、一人たりとも見つからなかった旨が記されていた。

――やはりそうか。井倉下野守さまに意趣を抱いている者など、市中にはおらぬのだな。

文机から顔を上げ、土岐之助は目を閉じた。

――やはり、わしを襲い、二通の投げ文をしたのは朝山越前守さまではないか。

ここは、と目を開いて土岐之助は思った。

――じかに朝山越前守さまに会ってみるべきなのではないか。

そうしたほうがよい気がした。ただぐずぐずと疑っているだけでは、どうにもならない。

――ここは正面切って訪問し、人頭税について論じ合うのがよいのではないか。

もし朝山越前守を翻意《ほんい》させられれば、井倉下野守も土岐之助も二度と襲われたり、投げ文をされたりするようなことはなくなるだろう。

――よし、行くか。

ほぼ同時に外から人の声がした。誰かが土岐之助の詰所にやってきたようで、住吉とやりとりをしている。その声の主が誰か、土岐之助はすぐに覚《さと》った。

――山南《やまなみ》が来たようだな。

山南啓兵衛《けいべえ》といい、臨時廻り同心の一人である。

「荒俣さま、山南さまがいらっしゃいました」

廊下から住吉がいってきた。

「入ってもらえ」

すぐに腰高障子が横に動き、一礼して啓兵衛が敷居を越えて入ってきた。

「源市は見つかったか」

啓兵衛が文机の向こう側に座すやいなや、土岐之助は声を投げた。

「いえ、見つかりませぬ」

無念そうに啓兵衛がいった。

「やはりそうか」

「昨日、親族や友垣《ともがき》、配下だった大工たちに心当たりをきいて散々捜し回りましたが、源市の居どころはわかりませんでした。別邸などがあるわけでもなく、どこにもおりませんでした。捜し出せず、まことに申し訳ありませぬ」

済まなそうに啓兵衛が頭を下げてきた。

「いや、山南、謝る必要などない。源市はどこかに匿《かくま》われているにちがいない。済まぬが、今日も源市捜しに当たってもらえぬか」

「はっ、承知いたしました。では、これよりさっそく」

すっくと立ち上がり、腰高障子を開けて啓兵衛が詰所を出ていった。住吉の手で腰高障子が閉められる。

——さて、源市が解き放たれた謎は解けたのかな。岩末どのによれば、時をくれということだったが……。

「気になるな……」

顎の肉をつまみ、土岐之助はつぶやいた。

——よし、行ってくるか。

立ち上がった土岐之助は腰高障子を開けた。住吉が見上げてきた。

「ちと岩末どのの詰所に行ってくる。住吉、中で待っておれ」

「いえ、ここでけっこうでございます」

そうか、と土岐之助はいった。別に無理強《むりじ》いするつもりはない。

廊下に出て土岐之助は歩き出した。

すぐに長兵衛の詰所の前に着いた。小者が座しており、土岐之助に頭を下げてきた。

「岩末どのはいらっしゃるか」

詰所を見て土岐之助は小者にきいた。

「いえ、それが今日は休んでおられます」

「なにゆえ」

自然に土岐之助の声は尖《とが》ったものになった。

「岩末さまは、どうやら風邪を引かれたようでございます」

寒さが増してきて、確かにいま風邪がはやっている。

だが土岐之助には、源市のことで都合が悪くなって今日の役目を長兵衛が休んだとしか思えなかった。

——やはり源市の解き放ちには、岩末どのが絡んでおるのかもしれぬ……。

長兵衛本人は、昨日、まるでわけがわからないといっていたが、実はそうではないのではないか。

——これはいったいどういうことだ。

「また出直してくる」

小者にうなずきかけてから、土岐之助は廊下を歩き出した。

もし長兵衛が源市の解き放ちに関わっているとして、どんな図が考えられるのか。

町の壁蝨《だに》を殺したことで、長兵衛の忖度《そんたく》があり、源市は許されて解き放たれたのか。

──仮にそうだとしても、いくらなんでも早すぎる。

町奉行所の牢に入った翌日の夕方には、源市は解き放たれているのだ。

──いや、忖度など、あり得ぬ。吟味方与力の一存で罪人が解き放たれてよいわけがない。

八丁堀に戻り、土岐之助は長兵衛の屋敷を訪問したくなった。長兵衛を詰問《きつもん》するのだ。

だが、そうしたところで、長兵衛はきっととぼけるであろう。なにもつかませないにちがいない。

──それにしても、岩末どのは源市とどんな関係なのだろう……。

源市に恩があるのか。それとも、源市から脅されているのか。

とにかく、深い縁があるのは疑いようがないところだ。でなければ、人殺しをした者を解き放つはずがない。

ならば、と土岐之助は思った。

──その深い縁とやらを、こちらから暴くしかない……。

どうすれば、長兵衛と源市の関係を知ることができるのか。

源市を尋問できれば、それが一番の手だろうが、やつは行方をくらましてしまっている。

——うまい手がないな。

こういうとき、富士太郎ならよい知恵が浮かぶのかもしれないが、とうに見廻りに出ているはずだ。土岐之助の出仕前に、あの留書を詰所に置いていったのだろう。

——朝山越前守さまのこともあるし、頭が痛いことだ……。

どちらを先に扱うべきか、と土岐之助は考えた。

——ここは井倉さまだ。

源市が解き放たれたのは、土岐之助にとって不快なことこの上ないが、いま源市が誰かに悪さをするようなことはあるまい。酒も、しばらくは控えるのではないか。

——それに、岩末どのは仮病ではないかもしれぬではないか。

明日にも、町奉行所に姿を見せるかもしれない。そのときに事情を聞けるだろう。

だが、若年寄の要職にある井倉下野守は襲われて殺されてしまう恐れがあるのだ。

――ゆえにわしは井倉さまの件を先に片づけねばならぬ。

決意してすっくと立ち上がった土岐之助は、刀架から愛刀を取り上げ、腰高障子を開けた。

「住吉、出かけるぞ。供をせい」

「はっ、承知いたしました」

曲田に話せば止められるような気がして、刀を腰に差した土岐之助は黙って町奉行所を出た。

――御奉行がこのことを知れば、まちがいなくお止めになるであろう。

あたりに人通りは多い。

――これなら、襲われる心配はないのではないか。

自らに言い聞かせるようにつぶやいて、朝山越前守の屋敷に向かって、土岐之助は足を急がせた。

四半刻ほどで朝山屋敷の門前に着いた。

さすがにどきどきする。

――やはりやめておこうか。

弱気が心をかすめていく。

――いや、ここまで来たのだ。会わずに帰ることなどできぬ。

丹田《たんでん》に力を入れ、土岐之助は長屋門に近づき、武者窓に向かって声を放った。

「それがしは南町奉行所与力、荒俣土岐之助と申す者。朝山越前守さまにお取り次ぎ願いたい」

「承知いたしました。南町の御番所の荒俣さまでございますね」

門衛がいい、すぐに戸を開けた。急ぎ足で母屋に向かったのが知れた。

さほど待つこともなく、門衛が戻ってきた。

「お目にかかるそうです」

わしに会うのか、と土岐之助は意外な思いにとらわれた。

どうぞ、という声とともにくぐり戸が開けられた。入ったら生きて出てこられぬのではないか、という気がした。

――いや、死ぬのなら、そこまでの運命ということだ。

腹を決めて土岐之助はくぐり戸を見た。

「かたじけない」

門衛にいって、土岐之助はくぐり戸に身を沈めた。玄関に入り、式台で時岡《ときおか》という用人に刀を預ける。

さほど刀を遣えるわけではないが、さすがに心細くなった。その思いを覚られたくなく、土岐之助は時岡にたずねた。

「脇差は預けずともよろしいか」

「脇差は、どうか、お持ちください」

やんわりとした口調で時岡がいった。

「承知した」

時岡に先導され、土岐之助は客間に落ち着いた。

五

一町以上の距離を開けて、佐之助は土岐之助一行のあとをつけていった。

これだけ土岐之助たちとあいだを空けたのは、土岐之助と奥方が一緒だったからだ。

――あのおなごが供についているのでは、このくらい空けぬと、また襲われかねぬ。

なにごともなく土岐之助が南町奉行所に入っていった。奥方は土岐之助と話をしているようだったが、やがて道を戻りはじめた。

──帰るのだな。

むろん油断はできないが、佐之助はほっと胸をなで下ろした。また着物を斬り破られたくはない。昨夜、家に戻ったとき、着物が切れていたのを見て、千勢が佐之助の身を案じたのだ。

どういうことがあったかごまかすことなく説明し、佐之助は千勢とお咲希を安堵させたが、同じことは繰り返したくない。

昨日と同様に、佐之助は南町奉行所近くの用水桶のかたわらに立った。

なにごともなく時が過ぎていく。

そのとき、ふと横から近づいてきた気配を佐之助は感じた。

むっ、と気づいたときには、すでに五間ほどの距離までやってきていた。

土岐之助の奥方である。三間ほどまで近づいて佐之助をじっと見た。

──八丁堀とは逆の方角から来たな。遠回りして、反対側に回り込んだか。

「素晴らしい足の運びだな」

にやりと笑って佐之助は声をかけた。昨日、佐之助に敵意がなかったことは奥方は覚《さと》っているはずで、佐之助がなんのために土岐之助のそばについているのかも、すでに理由がわかっているのではないか。

——しかし、荒俣の奥方は、女としては、信じられぬほどの遣い手だな……。

薙刀の斬撃のすさまじい迫力を、佐之助は思い出した。奥方から放たれていた殺気もまたすごかった。佐之助に気づかせることなく、五間の距離まで近づけるというのも、なかなか大したものだ。

「あなた、何者なの」

いきなりいわれて、佐之助はなんと答えようか思案した。顔を上げて奥方を見た。

「おぬしが考えている者だ」

「では、陰警護の者ですね」

「そうだ」

どういうことか、仔細《しさい》を佐之助は奥方に語った。

「そう、御奉行に命じられて旦那さまの陰警護をしてくれているのね」

さすがに佐之助からじかに言葉を聞いて、奥方はほっとしたようだ。

「それはありがたいわね。あなたは素晴らしい遣い手のようだし。私でも敵いませぬ」

「刀ではそうかもしれぬが、薙刀ではどうかわからぬぞ」

「薙刀をあなた、遣うの」

「いや、手にしたことがある程度だ」

「でも、そこそこ自信があるのね」

「ある」

「そうでしょうね。剣であれだけ遣える人が、薙刀を扱えぬわけがない」

軽く息をついてから、奥方がきいてきた。

「あなた、名は」

「俺は倉田佐之助という」

「私は菫子」

「よい名だな」

「私もそう思っています」

――荒俣どのは、よいおなごを女房にしておるな……。

「それで倉田どのは、何者なの」

「俺は、秀士館の剣術道場で師範代を務めておる」

「ああ、秀士館の……。それなら、強いはずですわね」

納得したように菫子がうなずいた。

「では、秀士館を休んで、うちの旦那さまの警護についてくれているのですね」

「まあ、そうだ」

「給金は出るの」

「さあ、どうかな。給金は出ぬかもしれぬが、礼金くらいは出るかもしれぬ」

「誰が出してくれますの」

「荒俣どのの用心棒を頼んできたのは、町奉行らしい。ゆえに町奉行だろう」

「御奉行が……」

「町奉行は、荒俣どののことを無二の者と思っているようだな」

「ありがたい話ですね」

「そうだな」

「倉田どの。夜の警護は私に任せて。私が旦那さまをお守りするから」

「端からそのつもりだ。昨夜、おぬしと戦って、夜は警護をする必要がないとわかった。昨夜から夜の警護はおぬしに任せてある」

「あら、そうでしたの」

「ああ。おぬしに勝てる者など、この世にそうはおらぬからな」

菫子を見て佐之助は口を閉じた。その菫子が、あっ、と声を上げた。菫子の眼差しは佐之助を通り過ぎ、南町奉行所のほうに当てられているようだ。

「どうした」

いいながら佐之助は振り返った。供を一人連れた土岐之助が大門を出て、通りを歩き出したのが見えた。

「おぬしの亭主は、出かけるようだぞ」

「住吉だけを連れてどこに行くのかしら。まったく不用心ね」

土岐之助を見つめて菫子が首をかしげる。

「今日は出かけるようなこと、いってなかったのに……」

「なにか急な用事かもしれぬぞ」

そうですね、と菫子がいった。

「住吉だけを連れて出かけるだなんて、それくらいしか考えられませぬ」

強い口調でいって菫子が、こちらに近づいてくる土岐之助と住吉を見ている。

「止めるか。小者を一人連れて出歩くなど、危なすぎるぞ」

佐之助は菫子に提案した。いいえ、といって菫子がかぶりを振った。

「このまま行かせましょう」

「よいのか」

「女のところかもしれませぬ」

「えっ、おぬし、浮気を疑っておるのか」

「はい」

佐之助に目を転じて菫子が認めた。

「荒俣どのが浮気……」

土岐之助が菫子にどういう態度で接しているか佐之助は知らないが、奥方にぞっこんなのではないか、という気がする。

「とにかく確かめましょう」

目をきらきらさせて菫子がいった。

「私たちがついていれば、襲われても旦那さまに大過《たいか》ないわ」

すぐそこまで土岐之助がやってきた。佐之助と菫子は用水桶の陰に身をひそめ、土岐之助と小者をやり過ごした。

佐之助と菫子は土岐之助をつけはじめた。

土岐之助を尾行しはじめて五町ほど進んだとき、土岐之助をつけているらしい者が、ほかにもいることが知れた。

「あれは何者だ」

尾行者《びこうしゃ》は一人の男である。男は土岐之助と半町ほどの距離を置いている。

そのあと二十間《にじっけん》ばかり後ろを佐之助たちは歩いていた。

——たまたま方向が同じなのか……。

「あやつが荒俣どのを襲ったのかな」

佐之助がつぶやくと、いきなりその男をめがけて菫子が走りはじめた。

「あっ」

だが、菫子の気配を察したのかどうか、男が右手にある路地に姿を消した。菫子がその路地に入っていったが、すぐに戻ってきた。

「見失ったわ」

残念そうに菫子がいった。

——今の男は、荒俣を尾行していたわけではなかったのか……。

しかし、菫子の気配に気づいて男は路地に入ったように見えた。

——しかも、奥方ほどの腕前の者から一瞬で姿をくらますとは、よほどの腕前の男ではないか。

いったい何者だったのだろう、と佐之助は思った。

だが、その答えが出るはずもなかった。

やがて、土岐之助が一軒の武家屋敷のまえで足を止めた。

少し距離を置いて佐之助たちは、その姿を眺めた。

「あのお屋敷は、どちらさまかしら」

声をひそめて菫子がきいてきた。

「さあ、わからぬ」

佐之助は首を横に振るしかなかった。

「立派な長屋門《ながやもん》のようだな」

「お旗本かしら」

「まずそうだろう」

旗本ならば、と佐之助は思った。

――昨日、自身番で話を聞いていた井倉下野守の屋敷か……。

「荒俣どのは、井倉下野守とはどんな関係だ」

「えっ、代々頼みですよ」

「頼み付けか」

それならば、土岐之助が熱心に井倉下野守についてきいて回ったのもわかるというものである。

「でもあそこは、井倉下野守さまのお屋敷ではありませぬ」

「そうなのか」

通行人が来れば教えてもらえるだろうが、残念ながら、今このあたりには誰一人として歩いている者はない。武家町らしく深閑《しんかん》とし、静けさがあたりを覆っている。

六

荒俣土岐之助がやってきたと聞いて、さすがに朝山越前守幸貞は驚いた。

――なんの用だ。いや、俺が襲ったと知ってやってきたのか。

おそらくその確証はないだろう。その推測だけはついたゆえ、じかに幸貞と話をしたいと土岐之助は思ったのではないか。

――いかにも潔《いさぎよ》いあの男の性格からして、きっと相違あるまい。

幸貞は家臣に、土岐之助を客間に通すように命じた。

――ここで斬り殺してやるのも、なかなか楽しいではないか。

ふふ、と薄笑いを漏らし、幸貞は舌なめずりをした。

刀架から愛刀を取り、襖を開けた。冷たさが居残っている廊下を歩いて、土岐之助が待っている客間に向かった。

廊下を音を立てて歩く足音が聞こえてきた。

「開けるぞ」

襖越しに朝山の声がした。さすがに土岐之助は胸が痛くなるほどに、どきりとした。

「どうぞ」

声はかすれなかった。襖が開き、朝山が顔をのぞかせた。目が血走っている。

――常人の顔ではないな。

朝山を目の当たりにして、土岐之助は息をのんだ。

――これはなにをするかわからぬ。

脇差があるのが少しだけ心強かった。

のそりと朝山が敷居を越えた。刀を手にしている。それを見て、土岐之助は逃げ出したい気持ちに駆られた。

心を落ち着け、刀をじっと見た。襲われたときと同じ拵《こしら》えのように思える。

――やはり朝山越前守さまだったか。

だが、まだ確証があるわけではない。似たような刀の拵えなど、いくらでもある。

朝山が土岐之助の向かいに座した。刀を自らの左側に置く。

これは、敵意を露わにしているとしか思えない。

――単身で来たのはやはりまずかったか。

後悔の思いが土岐之助の胸を締めつける。

「いま茶を持ってこさせる」

土岐之助を見据えて朝山が口を開いた。

「いえ、けっこうです」

土岐之助はかぶりを振った。

「荒俣、そのような遠慮は無用だ。うちの茶はうまいぞ」

土岐之助を見つめて、朝山が不敵な笑みを見せる。

――まことわしをこの場で斬り殺すつもりなのか。

ならば、と土岐之助は腹を決めた。

――死ぬ前にきいておくのがよかろう。

腹に力を込めて、土岐之助はただした。

「それがしを襲ったのは朝山さまでございますか」

「そうだといったら、どうする」

傲然《ごうぜん》とした口調で朝山が言い放った。

「捕縛させていただきます」

「きさまが捕縛するのか」

「いえ、お目付を通じて朝山さまを捕縛することになりましょう」

「町奉行所には、旗本であるわしを捕まえる権限はないゆえな」

「さようにございます。それがしを襲い、井倉さまのお屋敷にも脅しの投げ文をしたのは、朝山さまでございますか」

「そうだ。人頭税を廃するなど、許しがたい所業《しょぎょう》だからだ」

いきなり逆上したように朝山が顔を真っ赤にした。同時に刀を手にする。

「よく来た、荒俣。飛んで火に入る夏の虫とは、まさにきさまのことよ」

――まずい。

土岐之助は腰を浮かせた。

「あっ」

刀を抜かんとしていた朝山が土岐之助の頭上を見て、声を発した。どうしたのだ、と思った瞬間、土岐之助は強い打撃を首筋に受けた。

――な、なんだ、いったい。

思ったのはそれだけで、あっという間に土岐之助の意識は闇を転がり落ちていった。


首筋が痛んだ。その痛みで土岐之助は目を覚ました。

眼前に朝山の顔があった。両目を大きく見開いている。

朝山も横になっていた。

――どういうことだ。

首筋をさすりながら、土岐之助は起き上がった。ふと、右手がなにかをつかんでいるのに気づいた。

──なんだ、これは。

目の高さに持ち上げてみた。

「わしの脇差ではないか。あっ」

刀身《とうしん》にべったりと血がついているのに気づいた。

──なにゆえだ。

「あっ」

朝山は血の海にはまり込むように倒れていた。首からおびただしい血が流れている。すでに絶命していた。

「なんだ、これは」

──これでは、まるでわしが朝山さまを殺したようではないか……。

「お茶をお持ちいたしました」

そのとき家臣らしい声がした。なんと答えようか、土岐之助は迷った。

「殿、お茶をお持ちいたしました」

むろん、朝山が答えるはずもない。

「殿、失礼いたします」

襖がするすると開いていく。その動きが、土岐之助には妙にゆっくりに見えた。襖を押さえたいという衝動に駆られたが、体はまったく動かなかった。

「あっ」

朝山の死骸を目の当たりにした家臣の手から盆が滑り落ちていく。

二つの茶碗が割れ、派手な音を立てた。

「出会え、出会え」

いきなりその家臣が、我に返ったように大声を上げた。

その声に応じ、朝山家の家臣が客間にわらわらとやってきた。

抵抗する気など端からない。いや、土岐之助には正直、わけがわからなかった。ただ呆然としたまま、朝山家の家臣に飛びかかられ、体を畳に押しつけられた。

第四章

一

土岐之助が入っていった屋敷の隣家の門前に、佐之助と菫子は立った。

こちらは御家人の屋敷らしく、門は簡素で小さく、木戸も同様の造りである。

「あっ、人が」

右手を見て菫子が声を上げた。うむ、と佐之助は顎を引いた。

まるで人けのなかった道をようやく通りかかったのは、どこかの商家の主人と丁稚《でっち》らしい二人組である。得意先の武家を訪問した帰りという風情《ふぜい》だ。

主従《しゅじゅう》の前途を遮るように前に出て、佐之助は二人組の顔を見つめた。

明らかにぎくりとして、二人が佐之助をこわごわと見る。二人とも、このお侍はなにをする気だろうと、いいたげな顔つきである。

「おぬし、そこの屋敷の主を知っておるか」

土岐之助が入っていった屋敷を指さし、佐之助は商家の主人とおぼしき男にたずねた。

ほっとしたように男が両肩から力を抜いた。

「お隣のお屋敷ですね。こちらの木戸のお屋敷ではなく……」

佐之助を見て、男が確かめてきた。

「そうだ、長屋門のほうだ」

「長屋門のお屋敷のご主人は、前《さき》の南町奉行の朝山越前守さまでございます」

「前の町奉行……」

「はい、さようで」

小腰をかがめて男がうなずく。

「よくわかった。かたじけない」

「いえ、どういたしまして」

辞儀をして、主従の二人がそそくさとその場を歩き去っていく。

「前の町奉行に、荒俣どのはいったいなんの用だろう」

長屋門を見やって、佐之助は首をひねるしかない。

「おぬし、荒俣どのから、なにか聞いておらぬか」

目を転じて佐之助は菫子にきいた。

「いえ、私はなにも聞いておりませぬ……」

そうか、と佐之助はつぶやいた。

——人頭税の件かもしれぬな。荒俣は前の町奉行に相談事でもあるのか……。

それとも、別の用件なのか。

不意に、朝山屋敷から悲鳴のような人の声が上がった。同時に、茶碗が割れたらしい音も聞こえてきた。

「なんだ」

顔を上げ、佐之助は朝山屋敷を見た。

「朝山さまのお屋敷で、なにかあったようですね」

菫子の二つの瞳には、強い憂《うれ》いの色が浮かんでいる。

「旦那さまの身に、なにかあったのではないでしょうか」

その通りだ、と佐之助は思った。それしか考えられない。

「まいろう」

「はい」

顔を紅潮させて菫子が答え、朝山屋敷の長屋門に向かって足早に歩き出す。

「おぬし、訪いを入れて朝山屋敷に入るつもりか」

菫子の横を歩きつつ佐之助はきいた。

「そのつもりです。それ以外にお屋敷に入る手立てはありませぬ」

「いや、ないわけではない」

「えっ。では、どうするのですか」

「こうするのだ」

佐之助は御家人の屋敷と朝山屋敷が境を接しているところまで行き、朝山家の門衛の目がここまで届かないことをまず確かめた。

間髪を容れずに駆け出すや、佐之助は朝山屋敷の塀に向かって跳躍した。ひらりと塀の上に乗るや、すぐさま菫子に手を伸ばした。

「俺の手をつかめ」

「は、はい」

戸惑いながらも菫子が佐之助の手を握る。佐之助は腕に力を込めるや、菫子を一気に引き上げた。菫子があっさりと塀の上に乗る。

「行くぞ」

素早く塀を蹴り、佐之助は着地した。すぐに菫子が続いた。

「怪我はないか」

「このくらい、なんともありませぬ」

別段、強がりではないようだ。

「それならばよい」

二人は庭の木々の陰から、母屋の様子をうかがった。広い屋敷で、ここから母屋まで優《ゆう》に二十間《にじっけん》はあるだろう。

——荒俣はどこにおるのか……。

欅《けやき》の大木の陰にしゃがみ込んで、佐之助はあたりを見回した。

佐之助の横で菫子がつぶやく。

「うちの旦那さまは、どちらにいらっしゃるのでしょう」

「屋敷内に招き入れられたのなら、客間だろうが……」

——あのあたりか。

濡縁《ぬれえん》が設けられており、その奥に腰高障子が見えている。あれが客間ではないか。

——うむ、まちがいあるまい。

大勢の人の気配が、そのあたりに集まっている。いきなり、きさま、殺してやる、という声が佐之助の耳に届いた。誰か目付の屋敷に走れ、走るのだ、という声も聞こえてきた。

——目付だと。

土岐之助は、この屋敷でなんらかの罪を犯したのか。

——だとしたら、なんなのか……。

いきなり、腰高障子が音を立てて開けられ、朝山家の家臣とおぼしき者たちが、どやどやと庭に出てきた。

家臣たちの輪の中に、土岐之助の姿があった。一見しただけだったが、うなだれ、悄然《しょうぜん》としているように見えた。

庭に引き出された土岐之助は、殺気立った家臣たちに取り囲まれ、その姿は見えなくなった。

「いったいなにが起きたのだ……」

目を険しくした佐之助は眉をひそめた。

——あの様子では、荒俣があるじの朝山越前守になにかしたとしか思えぬ……。まさか害したのか。

庭での騒ぎを聞きつけたようで、土岐之助の供の小者が玄関のほうから回り込んできた。なんだろう、という目で騒ぎの起きているほうをおそるおそる見ている。土岐之助の姿は朝山家の家臣たちに遮られて、あの小者からは見えないようだ。

「あなたさま――」

悲痛な調子で呼びかけるや、菫子が土岐之助のもとに駆け出そうとする。幸いにもその声は、朝山家の家臣たちに届かなかったようだ。ひどく熱くなっている家臣たちは、土岐之助に気を取られている。

「いかぬぞ」

手を伸ばし、佐之助は菫子を押しとどめた。

「止めないでください」

身をよじって菫子が抗《あらが》おうとする。

「いかぬ」

力を込めて菫子を抱き止めて、佐之助はすぐさまたずねた。

「おぬし、荒俣どのをあの者たちから救うつもりなのか」

「さようです」

必死の表情で菫子が首を縦に動かす。

「事情もわからずに下手なことをして、荒俣どのの不利になるようなことは、すべきではない」

「しかし、あのままでは旦那さまが殺されてしまいましょう」

「殺されはせぬ」

断ずるように佐之助はいった。

「なにゆえおわかりになるのです」

目を怒らせて菫子がきいてきた。

「やつらは、荒俣どのを目付に引き渡そうとしているからだ。先ほど、目付を呼びに走れという声がした。もし荒俣どのを殺す気であるなら、そのような真似はせぬ」

「目付を呼びに……」

「ああ。目付が呼ばれたということは、荒俣どのは、朝山越前守になにかしたのだろう」

「なにかというと」

「殺したか、怪我を負わせたか」

「ええっ。しかし、なにゆえ旦那さまがそのような真似をするのでございますか」

「わからぬ。だが、あの者たちの殺気立ったさまからして、荒俣どのは朝山越前守を殺したとしか考えられぬ」

「そんな馬鹿な――」

佐之助を見つめて、菫子が絶句する。すぐに自らを励ますように言葉を口にした。

「旦那さまは、そのようなことができる人ではありませぬ」

「荒俣どののことを最もよく知っているおぬしがいうのなら、その通りであろう」

佐之助は菫子に逆らわなかった。

「おぬしがそこまで信じておるのならば、荒俣どのは朝山越前守を殺してはおらぬということだ」

「ええ、どのようなことがあろうと、人を殺すようなお方ではありませぬ」

うむ、と佐之助は顎を上下に動かした。

「荒俣どのは無実だ。ならば、ここで下手な真似をせぬほうがよい。それは、自明のことであろう」

「おっしゃる通りにございます」

少し心が落ち着いたか、佐之助をじっと見て、菫子が納得したように点頭する。

「しかし、旦那さまがなにもしておらぬのなら、なにゆえあのような仕儀になってしまったのでしょうか」

心配そうな眼差しを土岐之助に向けてはいるものの、菫子が平静な声音でいった。

「うむ、あの者たちの様子からして、荒俣どのが朝山越前守を殺したところを目の当たりにしたか、あるいは証拠を握っているかのように見える」

「証拠ですか。それはなんでしょう」

「やはり凶器が最も考えやすいな」

「凶器……」

やがて佐之助たちの左手にある長屋門のほうから、新たな人の気配が伝わってきた。

「目付が来たようだな」

朝山家の家臣に案内されて、数人の侍が屋敷内に入ってきた。真ん中の男が威風堂々としている。あれが目付なのであろう。

朝山家の家臣が、土岐之助を目付の前に引き出した。一人の家臣が目付の前で、事情を詳しく述べはじめたようだ。

距離はかなりあるが、佐之助は聞き耳を立てた。

朝山家の家臣によると、どうやら、その家臣が客間に茶を持っていったところ、朝山越前守が血の海に横たわっており、凶器とおぼしき脇差を土岐之助が握っていたということらしい。

――つまりあやつは、荒俣が朝山越前守を殺したところを、じかに見てはおらぬのか。

そのあたりに光明《こうみよう》があるかもしれぬ、と佐之助は思った。

「まだ望みは十分にあるな」

佐之助はつぶやくようにいった。

「えっ、どういうことですか」

横から菫子が問うてきた。

「いま聞いたところでは、荒俣どのが朝山越前守を殺したところを、あの家臣は目の当たりにしておらぬ」

「えっ、あちらの話が聞こえたのですか」

「そうだ。俺は耳だけはよいゆえ」

「しかし、あの家臣が殺すところをじかに見ておらぬというだけでは、旦那さまの無実を晴らせませぬ」

「確かにその通りだ」

董子を見つめて佐之助はうなずいた。

「だが、人殺しなど決してせぬ荒俣どのが朝山越前守殺しでお縄になった。奥方、どのようなことが考えられると思う」

佐之助は董子に問いかけた。

「えっ、どういうことが考えられるか……」

うつむき、董子が思案に沈む。

「まさか旦那さまは、罠にかけられたということでしょうか」

「そうではないかと俺は思う」

大きく目を見開いて、董子が佐之助を凝視する。

「しかし、いったい誰がそのような真似をしたのでしょう」

かすれ声で董子がたずねてくる。

「それはまだわからぬ。そのことを徹底して調べなければならぬ」

「はい」

とにかくだ、と佐之助は強い口調で董子に告げた。

「俺たちの手で、荒俣どのを助け出さなければならぬ」

そのとき、がっちりと縛《いまし》めをされた土岐之助が縄に引かれ、のろのろと歩きはじめたのが目に入った。土岐之助の前後にいて、逃げ出さぬように鋭い眼差しを浴びせているのは、目付の配下である徒目付《かちめつけ》であろう。

いずれも大した腕前ではなさそうだ。

――ここで斬り込んで荒俣を助けるのは、たやすいことであろうが……。

しかし、そのような真似をしたら、ことはさらに面倒にならざるを得ない。

本当に土岐之助が無実であるなら、ここでそんな暴挙に出ずとも、きっと解き放ちになるはずだ。

「あなたさま……」

ささやくような声で菫子がいった。目は土岐之助をじっと見ている。堰《せき》を破るように涙があふれ出てきた。

「案ずるな」

菫子を見て佐之助は力強い口調でいった。

「必ず荒俣どのは助け出す」

――何者が荒俣を罠にかけたのか、それをとことん調べ上げなければならぬ。

そうすれば、きっと土岐之助の無実は明かされるであろう。

——このからくりを必ず暴いてやる。

固い決意を佐之助は改めて胸に刻み込んだ。

二

土岐之助が連れていかれたのは、千代田城の道三河岸《どうさんがし》沿いに高い塀が巡らされている評定所《ひょうじょうしょ》である。

道三河岸とは反対側にある門をくぐり、狭い出入口から中に上がった土岐之助は縛めを解かれて薄暗い部屋に入れられた。

そこは四畳半で、畳は敷いてあるが、火鉢は置いてなく、まだ昼間というのに行灯に灯りが入っていた。調度《ちょうど》の類《たぐい》は一切なく、寒々しく、凍《こご》えそうな部屋である。

——ここは取調部屋だな。

一人でその部屋に座して、土岐之助は思った。三面が土の壁でできており、最後の一方が厚みのある板戸になっている。

——それにしても、わしがこのような場所に押し込められることになろうとは……。

これまで江戸市中で罪を犯した者を、数え切れないほど町奉行所内の取調部屋に入れてきたが、まさか自分が評定所のそれに入る日がやってこようとは、土岐之助は夢にも思わなかった。

人の運命というのはわからぬものよ、と思った。

——一寸先は闇とは、よくいったものだ。まさしく今のわしがそうではないか……。

そこに闇がぽっかりと口を開けていることに気づかず、土岐之助はすっぽりと嵌《は》まってしまったのである。

一人で朝山屋敷に行くのではなかったな、と土岐之助は再び後悔した。

——わしが人殺しで捕まったという知らせを受けたら、菫子はどんなに嘆き悲しむであろう……。

おそらく住吉が、もう八丁堀の屋敷に走ったはずである。

だが菫子のことだ、と土岐之助は思った。

——わしが無実であることを、決して疑わぬであろう。

土岐之助の無実を信じてくれるのは、菫子のほかには住吉と富士太郎くらいか。

——もしかすると、御奉行も信じてくださるかもしれぬ……。

なにしろ、曲田は土岐之助のことを慮《おもんぱか》って、用心棒までつけてくれたのだから。

しかし、なにゆえこのような仕儀になってしまったのか。腕組みをし、土岐之助は改めて考えてみた。

どういうことがあって事ここに到ったか、土岐之助は思い出そうとした。

しかし、頭の中に靄《もや》がかかっているようでさっぱり思い出せない。

——朝山越前守さまに、お目にかかったのは覚えておるのだが……。

そこからどういうことになったのか、どうしても思い出せないのだ。

——おや、この首の痛みはなんだ。

手を伸ばし、土岐之助は首の後ろを揉んだ。その痛みで、朝山が驚きの顔で土岐之助の頭上を見上げたときの光景がよみがえった。

——あのときなにかが起きたのだ……。わしは首筋に打撃を受けたのだったな。

土岐之助はなんとかその後のことを思い起こそうとしたが、そこからはまったく覚えがない。

――打撃を受けたわしは気を失ったのだな。

そこまで思い出したとき、がっちりとした板戸が不意に横に滑っていった。土岐之助が驚いて目を向けると、敷居際に一人の長身の侍が立っていた。

土岐之助をじろりと一瞥《いちべつ》し、その侍が敷居を越えてきた。

その背後にもう一人、侍がいた。こちらは、ずんぐりとした体つきをしている。

二人とも、感情をなくしたかのように無表情である。その目がまるで蛇のように土岐之助を見つめていた。

その二人の侍に土岐之助は見覚えがあった。

――両人とも目付だな……。

背の高いほうは確か山島丹兵衛《やましまたんべえ》といい、もう一人のずんぐりした侍は広口滋五郎《ひろぐちじごろう》といったはずだ。

無言のまま、二人が土岐之助の前に端座した。二人とも刀は所持しておらず、脇差も腰に差していない。

――そういえば、わしの脇差はどうした。

刀身がべっとりと血にまみれた脇差が、土岐之助の脳裏に浮かんだ。

――わしはこの手で、朝山越前守さまを殺したのか……。

いや、ちがう。心中で、土岐之助はかぶりを振った。

――わしは殺してなどおらぬ。殺すわけがないではないか。

「南町奉行所の与力、荒俣土岐之助どのであるな」

土岐之助をにらみつけ、丹兵衛が凄みをにじませたような声で確かめてきた。

「さよう、それがしは南町奉行所与力の荒俣土岐之助と申します」

胸をぐいと張り、土岐之助は朗々とした声で述べた。心はさすがに波立ってい
るが、存外、気持ちは落ち着いているようだ。

そのことに、土岐之助は深い安堵の思いを抱いた。それでも心で菫子に向かっ
て祈らざるを得なかった。

――頼む、菫子。力を貸してくれ。

「荒俣どの――」

丹兵衛が呼びかけてきた。

「おぬしは、なにゆえ朝山越前守どのを殺したのだ」

「それがしは殺しておりませぬ」

丹兵衛を見つめ、土岐之助ははっきりと答えた。

「殺しておらぬと」

首をかしげて丹兵衛がきいてきた。

「さよう。殺しておりませぬ」

「しかし、証拠がある」

いうや、丹兵衛が腰の後ろに右手を回した。その直後、丹兵衛の手に握られた一本の脇差が土岐之助の前にあらわれた。丹兵衛は脇差を腰の後ろに差していたようだ。

「これはおぬしのものだな」

丹兵衛が脇差を掲げ、拵えが土岐之助によく見えるようにした。

長年、土岐之助が差し続けてきたもので、見慣れた脇差である。

「さよう。それがしの脇差です」

土岐之助が認めると、丹兵衛が鞘から脇差を引き抜いた。血が今も付着している。

土岐之助は、脇差の手入れだけはよくしていた。血がべっとりとついたその姿は、どこか哀れだった。

――かわいそうに……。

「おぬしはこの血のついた脇差を握り、おびただしい血を流して横たわっている朝山越前守どのの前に、座していたそうではないか」

「それがしは、血のついた脇差を握っていただけです。朝山越前守さまを刺してはおりませぬ」

「握っていただけとは、よくそのようなことがいえるものよ……」

あきれたように丹兵衛がいった。隣の滋五郎は目を鋭くし、土岐之助をにらみ据える。

鞘に脇差をしまい、丹兵衛が言葉を続ける。

「朝山屋敷の客間では、おぬしは朝山越前守どのと二人きりだったのであろう。おぬし以外の誰が、朝山越前守どのを刺すというのだ」

「それが、頭上から何者かがあらわれたのです」

「頭上からだと」

なにを馬鹿なことを申しておるのだといわんばかりに、丹兵衛があっけにとられた顔つきになった。

「客間の天井板を何者かが外し、入ってきたのです」

「では、その何者かが……」

「朝山越前守さまを、それがしの脇差を使って刺した者だと思われます」

「その者があらわれたとき、おぬしはなにをしておった」

「それがしはその者があらわれたことに、気づいておりませんでした」

「それなのに、何者かが頭上からあらわれたと申すのか」

「朝山越前守さまが、それがしの頭上を見て、あっ、と声を上げられたのだけは、よく覚えておりますゆえ」

「朝山越前守どのは、何者かが天井板を外してあらわれたのを、目の当たりにしたと申すのだな」

「さようです。その者はそれがしの背後に降り立ち、それがしの首筋を殴りつけたようなのです。そのために、それがしは気を失ってしまいました」

話しているうちに、土岐之助はまざまざと思い出した。

「そして、その者は気絶したおぬしの脇差を奪い、朝山越前守どのを刺したというのか」

「天井から入り込んできた者は、おのれの使い慣れた得物《えもの》で朝山越前守さまを亡き者にしたのかもしれませぬ。それがしの脇差は、朝山越前守さまが流された血に浸せば、済むことでありましょう」

「その何者かは、なにゆえそのようなことをしたのだ」

「それがしに、朝山越前守さま殺しの罪を着せるためだと考えられます」

――そうだとしか思えぬ。

土岐之助はぎゅっと唇を嚙み締めた。

「その者は、朝山越前守どのにうらみを抱いておったのか」

「そのあたりの事情については、それがしにはわかりかねます」

「おぬしは、朝山越前守どのに意趣を抱いてはおらなんだか」

新たな問いを丹兵衛が放ってきた。

「それがしは抱いておりませぬ」

丹兵衛をじっと見て、土岐之助はきっぱりと告げた。

「では、なにゆえ朝山屋敷に朝山越前守どのを訪ねたのだ」

「実を申し上げますと、数日前にそれがしは何者かに襲われました」

こんなことをいうのはまずいかもしれぬ、と土岐之助は思った。だが、仮にいわずともどうせ目付は知るだろう。だったら、自分の口から伝えたほうがよい。

「その何者かというのは誰だ」

「それがしは、朝山越前守さまではないかと考えました」

「朝山越前守どのが、おぬしを襲っただと」

丹兵衛がわずかに腰を浮かせた。

「それは、まことのことか。なにゆえ朝山越前守どのは、そのような真似をしたのだ」

「来夏に施行されるという噂の人頭税が、それがしを襲った理由《わけ》だと思われます。もともとあの税は、朝山越前守さまが最初に言い出されたものです」

「ほう、そうだったのか」

目付も公儀の要職といってよいだけに、丹兵衛たちも人頭税のことは知っているようだが、朝山越前守が言い出したというのは、初耳だったらしい。

「それがしは人頭税に反対でした。そのことを諫言《かんげん》し、朝山越前守さまに逼塞《ひっそく》を命じられたこともあります」

「ほう、逼塞とな」

身を乗り出し、丹兵衛がまじまじと土岐之助を見てくる。

「その処分は、今の御奉行である曲田伊予守さまに解いていただきました」

「では、おぬし、朝山越前守どに逼塞の処分を受けたことを、うらみに思っていたのではないか」

「いえ、うらみになど思っておりませぬ」

こうくるのではないかと感じていたから、土岐之助は人頭税のことに触れたくはなかったのだ。

「本当のことです。むろん、逼塞という処分に処せられたのは正直おもしろくない気分ではありましたが、朝山越前守さまにうらみを抱くほどのことではありませぬ」

そうか、と抑揚《よくよう》のない声で丹兵衛がいった。

「それでおぬしは、その後どうしたのだ」

丹兵衛が先を促してきた。

「実は、それがしが襲われたのと時を同じくして、若年寄の井倉下野守さまのお屋敷に投げ文がされました」

「井倉下野守さまのお屋敷に投げ文だと」

はい、と土岐之助はいった。

「その投げ文には激烈な調子で、人頭税反対をやめぬと井倉下野守を殺すとはっきりと記されておりました」

「若年寄を殺すか。それはまた思いきったことを……」

いかにも目付として場慣れしている感じの丹兵衛も、驚いたようだ。滋五郎も瞠目している。

「その投げ文をおぬしはじかに見たのか」

「さようです。それがしは井倉下野守さまの頼み付けの身ゆえ、上屋敷の御用人の村上孫之丞どのにその投げ文の件で呼ばれたのです」

「ほう、おぬしは井倉下野守さまの頼み付けだったか」

背後に若年寄がいるとなれば、目付も下手な扱いはできないはずである。

「その投げ文もそれがしへの襲撃と同様、朝山越前守さまが関与なされているのではないかと思い、そのことをただすために今日、朝山越前守さまのお屋敷を訪ねたのです」

「おぬし、実際に朝山越前守どのにただしたのか」

「ただしました」

深いうなずきとともに土岐之助は答えた。

「それで朝山越前守どのは、なんといった」

「それがしを襲ったこと、井倉下野守さまのお屋敷に投げ文をしたことを認めました」

「まさか。それはまことか」

疑っているのがあからさまな眼差しを、丹兵衛が土岐之助に投げてきた。

「まことのことです」

あくまでも冷静に土岐之助は告げた。

「おぬしを襲ったことと、井倉下野守どのの屋敷に投げ文をしたことを認めた朝山越前守どのは、その後どうした」

「人頭税を廃するなど許しがたい所業だといって逆上され、脇に置いてあった刀を手にされました」

「朝山越前守どのは、客間に刀を持ち込んでおったのか」

「その通りです」

「朝山越前守どのが刀を手にしたのは、おぬしを斬るためだったか」

「そういうことだと思います」

「朝山越前守どのが斬りかかってきた。だが、おぬしは抗い、自分の脇差で朝山越前守どのを刺したのだな」

「いえ、何度も申し上げますが、刺しておりませぬ。それがしは脇差を抜いておりませぬ」

「だが、朝山越前守どのは刺し殺されておったぞ」

「先ほども申し上げましたが、朝山越前守さまは、天井から降りてきた何者かに殺《や》られたものと思われます。刀を抜こうとした瞬間、あっ、と叫んでそれがしの頭上を見ました。これはまことのことです」

「その者は、なにゆえ朝山越前守どのを殺したのだ。殺さなければならぬわけがあったのであろう」

「それも、それがしにはわかりかねます。なんらかの意図があったのはまちがいないと思われますが……」

「天井からあらわれた何者かの姿を、おぬしは見ておらぬのだな」

「はっ、見ておりませぬ」

丹兵衛を見つめて、土岐之助はうなずいた。

「その何者かというのは、おぬしの心がつくり出したただの幻ではないのか」

「確かにそれがしはその何者かの姿を目にしておりませぬが、それがしの頭上を見て朝山越前守さまが声を発したのは、紛《まぎ》れもない事実です」

土岐之助は息を吸い込み、さらに気持ちを落ち着けようとした。

「一つきいてもよろしいですか」

丹兵衛に眼差しを注ぎ、土岐之助は問うた。

「なにかな」

冷たい目を丹兵衛が向けてきた。

「朝山越前守さまは、自分の刀を抜いていたのですか」

「むろん抜いておった。抜き身が畳の上に転がっていたのを、我が配下の徒目付《かちめつけ》が目にしておる」

――天井から降りてきた者に、抜かりはなかったというのだな……。

「天井から降りてきた者こそが、朝山越前守さまを殺した下手人です。どうか、その者を捜してくださいませぬか」

頭を下げて土岐之助は懇願した。

「まことにその場にいたかどうかわからぬ者を捜し出せる者など、おらぬ。しかもおぬし、顔も見ておらぬのだろう」

むう、と土岐之助はうなるしかない。

「おぬし、朝山越前守どのを殺したこと、認めるか」

とどめを刺すかのように丹兵衛がきいてきた。いえ、といって土岐之助は大きく首を横に振った。

「それがしは、朝山越前守さまを殺害《せちがい》しておりませぬ。やっておらぬことを、認めるわけにはまいりませぬ」

もしそんなことをしたら、菫子は激怒するだろう。

──菫子のほうが目付よりもずっと怖いからな……。

「どうしても認めぬのだな」

「認めませぬ」

してもいないことをしたといったら、菫子は見下げ果てた男といって、きっと縁を切るだろう。

──それは、なんとしても避けなければならぬ。

「おぬし、強情《ごうじよう》よな。しかしいくら認めずとも、証拠は揺るぎない。おぬしが殺害したというのは、その場の有様《ありさま》がすべてを物語っておる」

確かにな、と土岐之助は思った。

──わしが取り調べたとしても、同じ結論を出すであろう。

二人の目付がすっくと立ち上がった。

「まだ取り調べは続くぞ。覚悟して待っておることだ」

丹兵衛が土岐之助をにらみつけていった。すぐに板戸を開け、廊下に出る。そのあとに続いた滋五郎が板戸を閉めた。二人の目付は足音も荒々しく去っていった。

——一応は終わったか。

目の前から目付がいなくなったことに、土岐之助はほっとした。なんとかやりすごせたのではないか。すぐさま妻の顔が脳裏に浮かんできた。案じ顔をしている。

——いま菫子はどうしているのだろう。済まぬことになった。

土岐之助は無性に菫子の顔が見たかった。

三

夕刻の七つ前に、富士太郎は伊助とともに南町奉行所に戻ってきた。

大門内にある詰所への出入口の前に立った。

「今日はこれで終わりだよ。伊助、ご苦労だったね」

富士太郎は、穏やかな口調で伊助をねぎらった。

「今日の縄張の見廻りでは、なにもなくて本当によかったよ」

「はい、やはりなにもないのは、ありがたいですね」

笑いながら伊助が答えた。

「うん、なんといっても楽だものね。伊助、今日はこれでお別れだ。また明日、頼むよ」

「承知いたしました」

深く腰を折った伊助が歩き出し、大門を抜けていく。それを見送って富士太郎は詰所への出入口に身を入れようとした。

そこに声がかかった。

「樺山の旦那」

富士太郎がさっと横を見ると、そこに立っていたのは土岐之助の小者の住吉だった。心なしか、住吉の顔は青白く、こわばっているようだ。

「どうかしたのかい」

住吉に近づいて富士太郎はたずねた。

「それが……」

泣き出しそうな顔で、なにがあったか住吉が伝えてきた。

「なんだって」

富士太郎の声が裏返る。

「朝山越前守さまを殺した疑いで、荒俣さまが目付に捕まっただって……」

「はい」

「なぜそのような仕儀になったんだい」

すぐさま富士太郎は住吉にただした。

「それが手前には、わけがわからないのでございます」

「詳しい事情を話せるかい」

できるだけ優しく富士太郎は住吉にいった。

はい、とうなずいて住吉が話し出す。

すべてを聞き終えて、富士太郎はかたく腕組みをした。

「荒俣さまは朝山越前守さまのお屋敷を訪ねたんだね。それはどうしてだい」

「荒俣さまを襲い、さらに井倉下野守さまの上屋敷に投げ文をしたのが朝山越前守さまだと、確信されたからのようです」

「朝山越前守さまの仕業《しわざ》かどうか確かめるために、荒俣さまは朝山屋敷をお訪ねになったというのかい」

「荒俣さまは、手前にはなにもおっしゃいませんでしたが、おそらくそういうことではないかと思います」

そうかい、と富士太郎は相槌を打った。

「それで、荒俣さまは朝山越前守さまを刺し殺した。そういうのかい」

「はい。朝山越前守さまのお屋敷で家中の方がそういうふうにいっていたのを、手前は耳にしました」

「住吉は荒俣さまが、朝山越前守さまを殺したと思うかい」

「いえ、思いません」

顔を上げて住吉がきっぱりと答えた。

「おいらも同じだよ」

富士太郎は大きくうなずいてみせた。

「荒俣さまはどんなことがあろうと、人を殺すようなお方じゃない。ましてや、前の御奉行の朝山越前守さまを殺すだなんて、あり得ないよ」

これにはなにか裏があるよ、と富士太郎は思った。

――それを暴かないとならないね。

「住吉」

柔らかな口調で富士太郎は呼びかけた。

「ここ最近、荒俣さまに変わったことはなかったかい」

「変わったことですか」

「なんでもいいんだ。もちろん、何者かに襲われたことは別としてだよ」

「はい、わかりました」

下を向き、住吉が考えはじめる。

「一つあります」

面を上げて住吉がいった。

「なんだい、それは」

すぐさま富士太郎はきいた。

「ここ二日、荒俣さまは続けざまに岩末長兵衛さまの詰所に行かれたのです。これはとても珍しいことだと存じます」

「岩末さまというと、吟味方与力だね」

「さようです」

「荒俣さまは、どんな用件で岩末さまの詰所にいらしたんだい」

「それがよくわからないのですが、一度は留書を手に持って岩末さまの詰所に行かれました」

「留書。なんの留書だい」

「二日前に出仕なされてすぐのことでしたから、あれは文机の一番上にあったものではないかと思います」

――それだけでは、さすがに中身はわからないね……。

富士太郎が眉根を寄せたとき、不意に住吉が口を開いた。

「もしかすると、それには源市のことが記されていたのかもしれません」

源市だって、と富士太郎は思った。

「なぜ住吉はそういう風に思うんだい」

「最初に岩末さまの詰所に行かれる前、荒俣さまは手前に仮牢に行ってくるように命じられたからです」

「住吉は仮牢になにをしに行ったんだい」

「源市が解き放たれているかどうか、確かめることでした」

ええっ、と富士太郎は驚きの声を上げた。

「なんで源市が解き放ちにならなきゃいけないんだい。あの男は養吉というやくざ者を殺したんだよ。解き放ちになるはずがないんだよ」

「詳しいことはわかりませんが、そのことを荒俣さまも不思議に思われたのだと存じます」

「それで住吉、どうだったんだい。源市は解き放ちになっていたのかい」

「はい、なっておりました。牢役人のお方に確かめたのでまちがいありません」

「誰が源市の解き放ちを決めたんだい。もしや岩末さまじゃないだろうね」

「そうなのだと思います。ですから、荒俣さまは岩末さまの詰所にいらっしゃり、どういう事情なのか、はっきりと確かめたかったのではないかと思うのです」

ふーむ、と富士太郎はうなった。

――荒俣さまが朝山越前守さま殺しの疑いで捕まったのは、この源市のことが絡んでいるというのは、考えられないかな……。

仮にそうだとしても、証拠はなにもない。

――証拠はおいらがつかむさ。

「住吉、よくわかったよ。おいらは必ず荒俣さまを助け出すよ。任せておきな」

胸を叩いて富士太郎はいった。

「どうか、よろしくお願いいたします。手前の頼りは樺山の旦那だけでございますから」

「うん、大丈夫だ。荒俣さまは人殺しなんか決してしない人だからね。おいらが無実を晴らしてみせるよ」

力強くいうと、お願いしますというように住吉が再び頭を下げた。

「おいらはすぐに探索に入るけど、住吉はこれからどうするんだい」

はい、と住吉がいった。

「奥方さまに荒俣さまのことをお伝えしなければならないのですが、まだ居どころがわからないのです」

「では、奥方はまだ荒俣さまが目付に捕らえられたことをご存じないのかい」

「はい、そうだと思います」

住吉がうなずいたとき、いいえ、という女の声が響いてきた。

びっくりして富士太郎が見ると、菫子が大門の下にやってきたところだった。

驚いたことに佐之助も一緒である。

「富士太郎どの、久しぶりですね。息災《そくさい》そうでなによりです」

「奥方もお元気そうで……」

「住吉、私は旦那さまが目付に捕らえられたことを、もう存じています」

住吉のそばに立って菫子がいった。

「住吉もわかっているでしょうけど、旦那さまは人殺しができるお人ではありませぬ」

樺山、と佐之助が呼んできた。

「俺たちはきさまに話を聞きに来たのだ。荒俣どのは、罠にはめられたのではないか」

「実は、それがしも同じ思いでおりました」

我が意を得たりという思いで、富士太郎は源市のことを佐之助と菫子にすぐさま語った。

「この住吉によると、荒俣さまは人を殺したにもかかわらず、翌日の夕刻には解き放ちになった源市のことを、かなり気にされていたようです」

「奉行所内の誰かが動いたのだな。その源市とやらを、誰が解き放ったのだ」

鋭い口調で佐之助がきいてきた。

「源市の解き放ちを受け持ったのは、吟味方与力の岩末長兵衛どのです」

住吉は、はっきりと佐之助と菫子に告げた。

「吟味方与力の岩末か。その男は今どうしておる」

「昨日から風邪で休んでいるようです。そのようなことを、荒俣さまがつぶやかれていました」

「そうか。ならば、いま屋敷におるかな」

「多分、いらっしゃるのではないでしょうか」

佐之助を見て住吉がいった。

「ならば樺山、俺たちは岩末の屋敷に行ってみることにする」

「あの倉田さん、正面から乗り込むつもりですか」

「いや、その気はない」

富士太郎を見て佐之助がかぶりを振った。

「では、まさか忍び込むつもりではないでしょうね」

「さて、どうかな」

佐之助が薄い笑みを浮かべた。

「ところで、源市というのは何者だ」

「大工の元棟梁です」

富士太郎は佐之助に告げた。

「元棟梁か……。源市は解き放ちになったあと、どうしておるのだ」

別の問いを佐之助が発してきた。

「それが、どこにもおらぬようなのです」

これは住吉が答えた。

「荒俣さまは、臨時廻りの山南啓兵衛さまに源市の探索を命じられました。さっそく山南さまは源市の家に行かれたのですが、源市はいなかったそうなのです」

「行方をくらましたのか……」

難しい顔で佐之助がいった。

「おそらく、そういうことだと思います」

住吉が佐之助に同意する。

「山南さまは必死に源市の行方を追い求めたらしいのですが、結局は見つからなかったようです」

「では、今も源市は見つかっておらぬのか」

「多分そういうことではないかと……」

そうか、と佐之助がいった。

「樺山、とにかく今から岩末の屋敷に行ってくる。吉報を待っておれ」

「倉田さん、どうか、くれぐれも無理をしないようにお願いします」

佐之助を見つめて富士太郎は懇願するようにいった。

「わかっておる。樺山、案ずるな」

小さく笑って、佐之助が大門の下を出ていく。そのあとに菫子が続いた。

「あの、奥方さま」

住吉が菫子の背中に声をかけた。

「手前もついていってよろしいでしょうか」

「いえ、なりません」

住吉に向かって菫子が首を横に振った。

「あなたは屋敷に帰っていなさい」

厳しい口調で菫子が命じた。

「はい、わかりました。ではそうさせていただきます」

住吉が一礼して、富士太郎の前を去った。佐之助と菫子の姿は、とうに見えなくなっている。

――よし、おいらは源市のことを、力を入れて調べてみることにしよう。

岩末長兵衛と源市は深い結びつきがあるような気がする。

源市は大工の元棟梁である。その源市と長兵衛はどうやって結びついたのか。

――岩末さまが、人殺しをした源市を解き放ったんだね。どうして岩末さまはそんな真似をしたんだろう。

源市に恩があるのか、それとも源市に脅されているのか。

——いずれにしても、なにか犯罪のにおいがぷんぷんするね……。

犯罪絡みで長兵衛と源市はむすびついたのかもしれないよ、と富士太郎は思った。

——ならば、今から行くところは一つだね。

決意した富士太郎は例繰方《れいくりかた》に足を向けた。

例繰方の高田《たかだ》観之丞《かんのじょう》はまだ帰っていなかった。明日の大事な裁きに向けて、昔の判例を一所懸命に探しているようだ。

「お忙しいところを済みません」

富士太郎は頭を下げた。

「なに、ちょうど一息つこうと思っておったのだ。富士太郎が来てくれて、むしろありがたいくらいだ。それで富士太郎、どうしたのだ」

「実は——」

高田観之丞はなにも知らないのではないかと思い、富士太郎は土岐之助の一件をまず語った。

「なんだと」

高田観之丞が驚愕する。

「それはまことか」

「はい、まことのことです」

「だが、荒俣さまは人殺しができるお方ではないぞ」

「それがしも同感です。それがしは、荒俣さまの無実を晴らすために、こちらにまいりました」

「よし、わしも力を貸そう。富士太郎、なんでもいってくれ」

勢いよく高田観之丞が申し出る。

「源市という大工の元棟梁がいるのですが、その男は以前になにか犯罪に関わっておりませんか」

「源市……。大工の元棟梁か。なにか覚えがあるような気がするぞ。富士太郎、ちょっと待っておれ」

「はい。どうか、よろしくお願いいたします」

例繰方の詰所には、書類が一杯におさまっている書棚がいくつも立ち並んでいる。それらの書類には、江戸の町奉行所が設立されて以来、捕らえた犯罪人にくだされた裁きのすべてが記録されている。

「ああ、多分こいつだな」

一冊の留書を手にして、高田観之丞が富士太郎のもとに戻ってきた。

「どれどれ」

留書を繰《く》って高田観之丞が調べはじめる。

「ああ、あった。大工の元棟梁の源市だな」

「源市はなにをしたのですか」

「五年前のことだ。源市は酒に酔っ払って、路上で行きずりの商人に乱暴をはたらいた」

「源市は捕まったのですね」

「そうだな。ここに記録があるということは、裁きがくだされたことを意味するからな」

「どんな裁きがくだされたのですか」

「敲きだ」

「敲きですか」

「これが源市の最初の罪のようだな。初めてなら、敲きでおかしくはないな。相手は別に死んだということでもないし……」

「さようですね」

同意してみせてから富士太郎は高田観之丞にさらに問うた。

「その裁きですが、誰が受け持ったのですか」

ある予感とともに富士太郎はきいた。

「吟味方与力は、岩末長兵衛どのだな」

やはりそうか、と富士太郎は思った。

――別に敲きで済ませたことに、なんら不自然さはないけど……。

この一件をきっかけに、長兵衛と源市は結びついたのか。

それとも、もっと深いつながりを持つような事件でもあったのだろうか。

――源市が見つからないと、話にならないね。おいらも岩末さまの屋敷に行きたいけれど、行ったところで、とぼけられるだけだろうね。

吉報を待っておれ、といった佐之助の顔が脳裏に浮かんできた。

――倉田さんに頼ることにしようかな。

今は、そのほうがいいような気がした。

四

八丁堀の組屋敷内のことだけに、長兵衛の屋敷がどこにあるか、菫子が知っていた。

「こちらです」

一軒の冠木門のある屋敷のそばに来て、菫子がいった。

だいぶ暗くなってきており、屋敷内からは明かりが漏れていた。

塀に身を寄せて、佐之助は屋敷内の気配を探った。ふむ、と声を出した。

「岩末という男は風邪を引いて勤めを休んだということだが、仮病のようだな。張りのある気配が伝わってくる。風邪を引いておったら、そうはいかぬ」

「ええ、私も同じように感じています。倉田どの、これからどうしますか。正面から乗り込みますか」

「樺山にもいったが、俺にその気はない。正面から行き、岩末を詰問したところで、なにもいうまい」

「そうでしょうね」

佐之助を見て菫子がうなずいた。

「では、この前と同じように忍び込みますか」

「それがよかろう。その上で、岩末の様子を探ってみるのがよいのではないか。あるいは、不用意に、荒俣どののことを漏らすかもしれぬからな」

「ああ、そうですね」

佐之助と菫子は塀に沿って歩いた。

「ここでよかろう」

周りの屋敷が陰になって、死角になっている場所があった。塀を乗り越え、佐之助と菫子は岩末屋敷の敷地内に降り立った。すぐそばに枝折戸があり、佐之助たちはその陰に身を隠した。

かなり冷え込んできたが、佐之助たちは身じろぎ一つしなかった。

それから一刻半ばかり過ぎ、四つに近くなった頃、母屋の腰高障子が開き、そこから一人の男があらわれた。

「あっ、あれが岩末どのです」

小声で菫子がいった。

沓脱石《くつぬぎいし》で雪駄を履き、岩末が庭に出てきた。庭の隅にある一つの小さな建物に近づいていく。

「あれは茶室か」

佐之助はつぶやいた。

「そのようですね」

「茶室があるなど、内証が豊かなのだな」

「まことにその通りです」

雪駄を脱ぎ、躙《にじ》り口《ぐち》の戸を開けて岩末が茶室に入る。すぐに、中で明かりが灯された。ちょうどそのとき四つの鐘が鳴りはじめた。

まるでそれを合図にしたかのように、冠木門のくぐり戸が開いた。

――閂《かんぬき》が下りておらなんだか。

不用心だな、と佐之助は思った。

――しかしこんなに遅く、いったい誰がやってきたのか。

岩末屋敷に入ってきたのは、一人の男だった。足音を立てることなく、茶室に近づいていく。暗くて、男の顔はまるで見えない。

――あやつは、なにをするつもりなのか。

じっと見守っていると、男が茶室の前に立った。明かりにほんのりと照らされて、男の顔がよく見えた。

その瞬間、あっ、と佐之助は声を漏らしそうになった。

——あれは……。

今日の昼、土岐之助をつけていた男ではないか。それと知って菫子が追いかけたとき、ひょいと路地に入って行方をくらました男である。

躙り口を開け、男が茶室に入っていく。来たか、という岩末のものらしい声が佐之助の耳に届いた。

「ちょっとここで待っておれ」

ささやき声で佐之助は菫子にいった。

「やつらがなにを話すのか、聞いてくる」

「お気をつけて」

うむ、と佐之助は顎を引いた。枝折戸の陰を出て茶室に慎重に近づく。木の壁に体を寄せると、茶室の中から声が聞こえてきた。

「うまくやってくれたな」

岩末らしい声がした。

「あのくらい、なんでもないことだ」

「いや、日にちがほとんどない急な仕事だったにもかかわらず、本当にうまくし遂げてくれた。感謝の言葉もない」

「次があれば、また俺に頼むことだ。あんたが望む相手をすべてあの世に送ってやる」

「頼もしいな」

——つまり、あの男は殺し屋か。

そう思ったら、佐之助にはどういうことが起きたのか、即座にわかった。

——やはり荒俣は罠にかけられたのだな。

今日の昼間、土岐之助は南町奉行所を出た。道筋からして、土岐之助がどこに行くかわかった殺し屋は路地を折れていったが、あれは行方をくらましたのではなく、土岐之助よりも早く朝山屋敷に着くために、先回りしたのではないか。

「これは後金《あときん》だ。受け取ってくれ」

長兵衛が、殺し屋とおぼしき男に金を払ったのが知れた。

「では、ありがたく」

男が、金を袂《たもと》に落とし込んだらしいのが伝わってきた。

「では、俺は引き上げる」

「茶を飲んでいかぬか」

岩末が男を引き留めるようにいった。

「いや、よい」

男がにべもなく返す。

「俺は、依頼主が出す物には決して手をつけぬようにしておるのだ」

「ずいぶん用心深いのだな」

「そのおかげで、俺はまだこうして生きておる。ではこれでな」

躙り口の戸が開き、男が這うようにして出てきた。

佐之助は男から見えない位置に身を隠した。雪駄を履いた男が敷石を踏んで、くぐり戸のほうへ歩いていく。くぐり戸を開け、軽い足取りで外に出て行った。

それを見た佐之助は菫子のそばに戻った。

「今の男は何者です」

「殺し屋のようだ」

どういうからくりか、佐之助は手短に菫子に説明した。

「ならば、今の男を締め上げて吐かせましょう。生き証人です」

怒ったように菫子がいった。

それも手だが、と一瞬、佐之助は思った。おそらく殺し屋はどんな責めに遭っても吐くまい。朝山越前守を殺した証拠もない。

——あの男は頼まれて仕事をしたに過ぎぬ。だが、それでも、ここは捕らえておくべきであろう。

「よし、行こう」

佐之助たちはくぐり戸から外に出た。

十間《じっけん》ほど先を行く人影が見える。

「おぬしは手を出すな」

釘を刺すように佐之助は菫子にいった。

「わかりました」

「では、捕らえてくる」

音を立てることなく佐之助は地を蹴り、滑るようにして道を駆けた。

あっという間に男との距離が詰まる。気配を察したか、男が振り返る。

佐之助は当て身を食らわそうとした。だが、男が右側に動いて、それをかわした。さすがの身のこなしといってよい。

だが、男がどう動くか、佐之助は読んでいた。刀を引き抜くや、体勢を低くし、胴に払っていったのだ。

佐之助の斬撃は狙い通り、男のふくらはぎを切った。

「うっ」

男が苦しげなうめき声を上げた。走り出そうとしたが、足がなにかに絡まったようによろけ、その場に倒れ込んだ。

「てめえ、なにをしやがる」

地面から起き上がろうとして男が叫んだ。

「殺し屋風情がなにをいうか」

立ち上がれそうもない男に近づき、佐之助は顔に拳を見舞った。

がつっ、と鈍い音がし、男が昏倒《こんとう》した。大の字になって気を失っている。

——気絶してしまえば、傷の痛みを感ずることもあるまい。よかったではないか。

佐之助は懐から手ぬぐいを取り出し、足の傷の血止めをしてやった。

——なにも吐かぬかもしれぬが、奥方がいうように、こやつが生き証人であるのは紛れもない。

佐之助はこのままこの男を担いで、秀士館に連れていくつもりでいる。

――雄哲先生の手当てを受けられるぞ。きさまは、まことに運がよい男だ。

菫子が駆け寄ってきた。

「お見事ですね」

「この程度の腕の男、捕らえるのに手間はかからぬ」

「その男はどうするつもりですか。御番所に連れていくのですか」

「いや、そうではない。番所に連れていくのはまだ早い」

佐之助は自らの考えを菫子に語った。

「ああ、秀士館ですか。閉じ込めておくところはあるのですか」

「納戸でよかろう。両手両足を縛っておけば、どこにも行けまい」

「ああ、そうでしょうね」

うれしそうに菫子が笑った。

「奥方、今日はこれでおしまいだ。明日、また会おう」

「明日はどうするのですか」

「岩末長兵衛の外堀を埋めなければならぬな。長兵衛はなにゆえ殺し屋を頼み、荒俣どのを罠に陥れたのか。それを調べなければならぬ」

「それには、どうすればよいのですか」

「茶室があるなど、岩末は金回りがよさそうだ。それに解き放ちになった源市という男は大工の棟梁だったというではないか。あの茶室となにか関係があるかもしれぬ。とにかく、岩末の金の出どころを探るのが、最もよい手立てではないかと思う」

「それはよい考えですね。金のためならなんでもするという人が、この世には、いくらでもいますから……」

明日の明け六つに、荒俣屋敷の前で待ち合わせることに佐之助たちは決めた。

明くる朝、佐之助と菫子は、岩末屋敷の茶室をこしらえた大工の棟梁を見つけた。同じ組屋敷内ということもあり、岩末長兵衛がどの大工に依頼したか、事情を知っている者が、菫子の知り合いにいたのだ。

その知り合いは土岐之助の人柄に惚れ込んでおり、土岐之助が人殺しをするような男でないことを信じていた。

岩末屋敷の茶室をつくったのは、稲吉《いねきち》という大工の棟梁だった。

まだ仕事に行く前の稲吉を訪ね、佐之助たちは、すぐさま話をきいた。

稲吉は四十半ばと思える男だった。腕はよさそうだが、少し気が弱いのではないかと佐之助は思った。目がよく泳ぐのだ。

「へえ、あっしは岩末さまから依頼されたので、茶室をつくったんですよ。ほかにゃ、どんなわけもありゃしやせん」

「源市にいわれて茶室をこしらえたのではないのか」

鋭い口調で佐之助はいった。

「源市さんですか。いえ、なにもいわれておりませんが……」

「痛い目に遭いたいか」

声に凄みをにじませて佐之助はいった。

「荒俣土岐之助という番所の与力が罠にはめられた。俺は荒俣どのを救うためにはなんでもするつもりだ。きさまがなにもいわぬつもりなら、必ずや罪に問われることになろう。きさまは遠島《えんとう》だな。さすがに獄門台行きはなかろうが……」

「えっ、遠島ですか」

稲吉の目が泳いだ。

「ああ、まちがいあるまい。きさまも荒俣どのを罠にはめた片棒を担《かつ》いだわけだからな」

「い、いえ、片棒なんか担いでいません」

「それを番所の者が信じてくれるかな。きさまが頼りにしようとしている岩末長兵衛は、もうなんの役にも立たぬ。むしろ岩末と親しいことがきさまの命取りになろう」

「わ、わかりました」

ごくりと唾を飲んで稲吉がいった。

「なんでもお話しいたしますので、どうか、遠島だけはご勘弁ください。あっしには老いた母親がいるんですよ。母親を一人にはできねえんですよ」

「きさま、独り身か」

「はい、さようで」

「この先も母親を大事にしたいんだったら、知っていることをすべて話せ」

「わかりました」

頭を下げて稲吉が語りはじめる。

「実は大工たちの無尽講《むじんこう》があり、その胴元が岩末さまなのですよ」

「無尽講だと」

あまりに博打と似通っていることもあり、無尽講は法度《はっと》で禁じられている。

無尽講はまず講親《こうおや》と呼ばれる発起人《ほっきにん》が一口当たりの掛金と総口数を決める。次に講中《こうじゅう》と呼ばれる参加者を募《つの》り、講を組織する。講は年に一度、あるいは数回開催され、初回の講では講親が講金《こうきん》をすべて我がものとする。二回目以降はくじ引きや入札によって講人の一人がすべての講金を受け取る。

参加者がすべて講金を受け取ると、講は散会となる。

「もともと大工たちの無尽講は、互いに暮らしが成り立つようにという思いからはじまったのですが、そのうち講親だけが儲かる仕組みになったのです。集まった講金から三割ほどを口銭《こうせん》として抜くというやり方です。大勢の大工が無尽講に加わっていましたから、月に二十両は講親にいっていたのではないかと思います」

二十両もか、と佐之助は思った。岩末の内証が豊かなのも当たり前であろう。

「講親は岩末だな」

「はい、さようで」

「なにゆえ岩末が大工の無尽講の講親になることができたのだ」

「なんでも、岩末さまに源市さんが助けられたらしいのですよ。それまでは源市が講親だったのです。無尽講をはじめたのも、源市さんでした」

そういうことか、と佐之助は思った。

人殺しで捕まった源市を岩末としては解き放つ必要があった。だが、誰も気づかないと思っていたその解き放ちを、土岐之助が気づいたのだ。それで進退窮《しんたいきわ》まった岩末は、窮余《きゅうよ》の策に出たのだろう。それが殺し屋を使って朝山越前守を殺し、土岐之助を罠にはめるというやり方だったのだ。町奉行の与力を殺したら、確実に下手人は捕まるだろう。しかし、罠にはめてしまえば、そこまで激しい追及はないであろう。

――しかし、どうやって朝山越前守が土岐之助にうらみを抱いていることを、岩末は知ったのか。

そのあたりのことは、と佐之助は思った。きっと樺山に聞けばよかろう。なにか答えを知っているのではないか。

いやがる稲吉を町奉行所に連れていき、佐之助たちは富士太郎に、大工の無尽講と長兵衛の関係を告げた。

富士太郎の知らせを受け、町奉行の曲田がじきじきに長兵衛を取り調べた。

「いえ、それがしはなにも知りませぬ」

取調部屋に座した長兵衛は、必死の面持《おもも》ちで否定した。

「では、岩末、こやつを知らぬか」

佐之助が捕らえた殺し屋を、すぐそばの廊下で耳を澄ませていた富士太郎は取調部屋に連れていった。

「うっ」

殺し屋の顔を見て、長兵衛がうなる。

「では、この男はどうだ」

さらに源市が連れてこられた。

源市は、飲み屋でいい仲になった女のところにしけ込んでいた。それを臨時廻りの山南啓兵衛が見つけて捕らえたのだ。

源市と対面したことで、長兵衛はついにすべてを白状した。

源市がやくざ者の養吉にいちゃもんをつけられていたのは、無尽講のことをばらすといわれていたかららしい。金をよこしな、といわれて源市は養吉を刺し殺したのだ。町の壁蝨のような男を殺したところで、あとは、吟味方与力の岩末長兵衛が尻ぬぐいしてくれる。

五年前、源市を助けたことで、長兵衛は大工たちの無尽講の胴元になった。胴元はなにしろ儲かるのだ。

だが、あまりに金が入りすぎ、それまで悪事に手を染めることなどなかった長兵衛が心を狂わせたのである。

朝山越前守が土岐之助たちにうらみを抱いていることを、長兵衛は、朝山の監視を命じられた弟の岡崎竜兵衛から話を聞き、知ったのだ。

不意に足音が聞こえた。

土岐之助が押し込められている揚がり屋の前に目付の山島丹兵衛がやってきた。

「解き放ちだ」

土岐之助をじっと見て、丹兵衛が告げた。

「まことですか」

「ああ、おぬしは濡衣《ぬれぎぬ》を着せられたことが判明した」

「夢ではないでしょうな。よくぞ事実を……」

その後、荷物を返された土岐之助は評定所の門を目指した。荷物の中には、例の脇差もあった。

——脇差に罪はない。これからも大事にしよう……。

門を出ると、目の前に菫子が立っていた。その背後に富士太郎もいた。

「来てくれたか」

「もちろんです」

菫子の顔が涙でぐしゃぐしゃになっている。土岐之助の目からも涙がこぼれ落ちた。

「あなたさま」

叫んで菫子が土岐之助の胸に飛び込んできた。土岐之助は菫子を強く抱いた。

——ああ、なんとよい香りか。

うっとりする。この菫子のにおいを嗅いで、本当に解き放ちになったことを土岐之助は実感した。この解き放ちには、富士太郎たちの尽力があったことは疑いようがない。

——ああ、なんとうれしいことか。

自由の身というのは、実に心地のよいものだった。

そのことを今、土岐之助は存分に味わっている。

この作品は双葉文庫のために書き下ろされました。

双葉文庫

す-08-43

口入屋用心棒《くちいれやようじんぼう》
御内儀《ごないぎ》の業《わざ》

2018年12月16日　第1刷発行

【著者】
鈴木英治《すずきえいじ》
©Eiji Suzuki 2018
【発行者】
箕浦克史

【発行所】
株式会社双葉社
〒162-8540 東京都新宿区東五軒町3番28号
［電話］03-5261-4818(営業)　03-5261-4833(編集)
www.futabasha.co.jp
(双葉社の書籍・コミックが買えます)

【印刷所】
株式会社新藤慶昌堂

【製本所】
株式会社若林製本工場

【表紙・扉絵】南伸坊
【フォーマット・デザイン】日下潤一
【フォーマットデジタル印字】飯塚隆士

落丁・乱丁の場合は送料双葉社負担でお取り替えいたします。
「製作部」宛にお送りください。
ただし、古書店で購入したものについてはお取り替えできません。
［電話］03-5261-4822(製作部)

定価はカバーに表示してあります。
本書のコピー、スキャン、デジタル化等の無断複製・転載は
著作権法上での例外を除き禁じられています。
本書を代行業者等の第三者に依頼してスキャンやデジタル化することは、
たとえ個人や家庭内での利用でも著作権法違反です。

ISBN978-4-575-66924-4 C0193
Printed in Japan